ほとんど同じ身長で目線は同じ、唇の位置も同じだ。
キスをするのにこれほど適した高さはない。
illustration by TOMO KUNISAWA

グロウバック

いおかいつき
ITSUKI IOKA

イラスト
國沢 智
TOMO KUNISAWA

Lovers Label

CONTENTS

✦本作品の内容は全てフィクションです。
実在の人物、団体、事件などにはいっさい関係ありません。

1

目の前のアパートをもう二時間もずっと見続けている。河東一馬《かわとうかずま》は無意識に肩に手を乗せ、凝りを解《ほぐ》すように揉《も》み始めた。

三日前に発生した強盗傷害事件で、容疑者は絞り込めたものの、事件後、姿をくらましていて行方が掴《つか》めない。それで容疑者が立ち寄りそうな場所として浮かんだのが、半年前に別れた恋人の部屋だった。

その恋人が住むアパートの真向かいにあるマンションの一室を、警察が協力を求めて貸してもらい、一馬はその部屋の窓際に陣取って、張り込みをしているというわけだ。

刑事生活も六年目に入った。いつ容疑者がやってくるかわからない状態は、常に緊張を強いられる。だが、張り込みも慣れたものだし、検挙率ナンバーワンを誇る一馬に焦《あせ》りはなかった。とはいうものの、待つことも刑事の仕事だと理解できるようになったのは去年くらいからだ。

薄く開けたカーテンの隙間《すきま》から、一馬は険しい視線をアパートの前に向ける。その視線の厳しさはワイルドな風貌《ふうぼう》によく似合い、男らしさを際だたせていた。百八十センチに僅《わず》かに足りない身長も、適度に引き締まったスリムな体が実際以上に高く見せている。

刑事にしておくのが惜しいと何度も言われたことがある。けれど、一馬には刑事より他に自分に向いた仕事があるとは思えず、また他の職業に就きたいと思ったこともなかった。それくらい刑事に愛着も持っているし、執着もしていた。

外だけを見ていた一馬の耳に、ドアを開ける音が飛び込んできた。けれど、一馬は体勢を変えなかった。張り込みは二人一組で行っているから、一馬の相棒が買い出しから戻ってきただけだ。

「先輩、鮭《さけ》がなかったので、ツナマヨにしたんですけど、よかったですか？」

今の相棒、後輩の吉見潤《よしみじゅん》は、緊張感の欠片《かけら》もない質問を投げかけてくる。

「なんでもいい」

一馬は一瞬だけアパートから目を離し、吉見の持っていたコンビニの袋を奪い取った。張り込み中は食事に行く暇《ひま》などない。今回のように屋根もあり、トイレも近くにある場所でできるのは、かなり恵まれた張り込みだ。

「あっ、俺《おれ》の分も入ってるのに……」

情けない声で抗議する吉見に緊張感をもぎ取られる。一馬はイライラを隠さずに、

「ほらよ」

吉見がどこにいるかも確認せず、後ろ手に袋を放って投げた。

これならいっそ一人で張り込みをしたほうがマシだ。吉見の場にそぐわない緊張感のなさが、一馬のペースを狂わせる。

もっとも刑事としての経験が皆無なのだから、仕方のないことだとも言える。吉見はこの四

月に多摩川西署刑事課に配属されてきた。誰《だれ》かと入れ替わりの異動ではなく増員だったから、その話を聞いたときには、万年人手不足が解消されると刑事課の全員が喜んだ。だが、実際にやってきた吉見を見て、すぐに考えを改めることになった。

吉見は一馬たちとは根本的に違う、国家公務員試験一種に合格したキャリアだった。キャリアはいずれ一馬たちの上に立つ。そのための経験を積むため、研修後、現場に配属されるのが通常だ。吉見もまた約半年、他の署で交通課勤務を経て、刑事課にやってきた。つまり、捜査は全くの素人《しろうと》というわけだ。それでもまだ将来的に刑事として勤め上げる可能性があるのなら指導のしがいもあるが、一年程度で警察庁へ戻るとなれば、忙しい時間を割いて、教える気にもなれない。

そうなると、誰が吉見の面倒を見るかが問題になった。役に立たないとわかっているのに、組みたがる刑事はいない。皆、自分の仕事だけで手一杯なのだ。そこで目をつけられたのが一馬だった。

一馬も別の意味で相棒のなり手がいない。検挙率はナンバーワンでも、規則を無視して単独行動を繰り返す。書いた始末書の数もナンバーワンだ。

どちらも相手がいないのなら、その二人が組めばいいという課長の一言で、一馬の相棒は、先輩の長谷川《はせがわ》から後輩の吉見へと変わった。

一馬もまだ二十八歳と若い。これまで先輩としか組んだことがなかったから、やりづらいのは勝手が違うだけかと最初は思っていた。どんな相手だろうと自分のペースで好き勝手をする。それが一馬だったからだ。けれど、吉見は事件捜査について何も知らないだけに、常に一馬にべったりとついて回るのだ。

吉見とコンビを組まされてまだ二週間。一馬が単独行動を取れたことは一度もなかった。優しい言葉をかけた覚えは一切ないが、それでも全くへこたれた様子も見せず、絶えず一馬の後を追いかけてくるしぶとさには感心する。

一馬は視線をアパートの一室に留《とど》めたまま、コンビニのおにぎりを口に運ぶ。いつ容疑者が姿を見せるかわからないのだから、空腹度合いに関係なく、食べられるときに食べておかなければならない。あっという間におにぎり二個を完食した。早食いは刑事の習性だ。

「お前も食えるときに食っとけよ」

手に残った包みを丸めて吉見に投げ返し、一馬は忠告だけはした。カーテンの隙間は二人が並んで覗《のぞ》けるほどもない。吉見は部屋の中央付近に座って待機している。吉見には一馬がトイレに行く間を任せるだけだ。

「いただきます」

緊迫感のない声はできるだけ聞かないようにする。外にだけ神経を集中していた一馬は、ふと予感のようなものがして、通りに目を向けた。アパートの前は一方通行の道しかないが、五十メートルも歩けば、バス停もある大通りに出る。その大通りから近づいてくる人影が見えた。

顔を確認するために一馬は双眼鏡を手にする。

丸く縁取られた視界に求めていた男の顔が映り込む。

「奴《やつ》が来た。行くぞ」

一馬は双眼鏡を放り投げ、勢いよく立ち上がった。男の様子では警察にこの場所を突き止められているとは気づいていないようだ。だが、部屋に入り込まれる前に身柄を確保したい。

振り返った一馬の目に、まだおにぎりをほおばっている吉見が映る。一馬よりも十センチは低い小柄で、しかもどちらかといえば可愛《かわい》い系の顔をしている吉見は、こうしていると張り込み中には到底見えず、まるでピクニックでもしているかのようだ。緊張感を根こそぎ奪われそうな気がして、一馬は先を急いだ。

「食うのは後だ」

吉見のそばを通り過ぎ、一馬は素早く靴を履いて外へと走り出した。吉見も遅れながら立ち上がったのは見えていたから、後に続いてきているはずだが、階段を駆け下りる足音が一馬のものしか聞こえない。

「何やってんだっ」

一馬はスピードを緩めず、チラリと顔を上階に向けて怒鳴りつける。

「だって、靴が……」

声だけが返ってくる。走りやすい靴にしろと最初に忠告しておいたから、それ以来、吉見はスニーカーを履いている。今はそれが災いした。紐《ひも》があろうが革靴と同じように足を突っ込むだけで履けるようにしておけばいいのに、どうやら、いちいち紐を結び直さなければならない状態にしていたようだ。

一馬は舌打ちして、吉見を置き去りにすることにした。どのみち、相手が一人なら、吉見の手など借りなくても確保はできるのだ。

階段を駆け下り、道路へと踏み出した瞬間、男と目が合った。ちょうどアパートの前に到着したところだったのだ。

一馬の雰囲気に男はただならぬものを感じたのか、足を止め、探るような視線を向けてくる。二人の間の距離は僅かに十メートル。一馬は脚力に自信を持っていた。この距離ならすぐに詰められる。

一馬が先に動いた。一歩足を踏み出すと、男は弾《はじ》かれたように背中を向け、元来たほうへと走り出す。

男は三十三歳のフリーター。とはいっても、二週間前にアルバイトを辞めてからは、ぶらぶらしてなけなしの貯金を食いつぶすだけの生活だった。そんな男に日頃《ひごろ》から体を動かしている一馬が、スピードでも持久力でも負けるはずがない。

大通りまでも行かずに、決着はついた。目の前に迫った男の肩に一馬は手を伸ばす。そして、肩を摑み、グッと力を込め、走る男のバランスを崩す。男は足をふらつかせ、その場へと倒れ込んだ。

　それでもまだ逃げようとする男の両肩に、一馬は手を突いて押さえ込んだ。

「もう諦《あきら》めろ」

　呼吸すら乱していない一馬と、急に走ったために息が上がっている男では、体力の差は歴然だ。抵抗しても無駄だと男も悟ったらしくおとなしくなる。

「午後三時二十三分、強盗傷害容疑で逮捕する」

　一馬は腕時計で時間を確認し、男の両手に手錠をかけた。

　一つ事件が終わった。取り調べに裏付け捜査が残っているが、それは他の刑事に任せられる。一馬は犯人を見つけ出し、追いかけることに最もやりがいを感じていた。

「せんぱーい」

　息を切らせた力のない声に、一馬は一人で張り込みをしていたわけではなかったことを思い出す。声のほうに顔を向けると、歩いているのかと見間違うようなスピードで、吉見が近づいてくる。

「遅いっ」

　ようやく一馬の前に到着した吉見を、一馬は怒鳴りつける。一馬だったから一人でも逮捕できたが、他の刑事なら取り逃がしていた恐れもあるのだ。

　だが、吉見は怒鳴られたことには全く動じず、地面に座り込む男と一馬を見比べて、

「さすが、先輩。一人で捕まえちゃうなんて、すごいです」

キラキラと目を輝かせ、尊敬の眼差しを向けてくる。これがお世辞やごますりなら怒れるのだが、吉見の場合、本気で言っているから却《かえ》って質《たち》が悪い。一馬の怒る気力を見事に萎《な》えさせた。

「……もういい。車を回してこい」

一馬は溜息《ためいき》を吐《つ》いてから、吉見に命令した。一方通行の細い通りには車を停《と》める場所がなかったから、大通りにある駐車場に停めていた。このまま容疑者を引き連れ、車まで移動していくより、車を回してくるほうが楽だと判断したのだ。

吉見は大きな声ではいと返事をして走り出す。

やる気がないわけではないのは、この返事のよさでもわかる。だが、やる気が必ずしも結果とは結びつかない。まず刑事としては致命的に運動能力が劣っている。この距離を走っただけで息が上がるし、今もスタートでもたついたのを差し引いても、コンパスの差を考慮しても、足が遅すぎる。

だが、一方で役に立つこともあった。それは一馬が苦手なデスクワークだ。提出書類は吉見に任せておけば完璧《かんぺき》に仕上げるし、個人的な一馬の書類まで自主的にやってくれる。コンビ内で分業制にできるのなら、一馬が外回り、吉見に内勤と割り振りたいくらいだ。

そんなことを考えながら、車が来るのを待っていたのだが、一向にエンジンの音が聞こえて

こない。姿が見えなくなるまで、小走りで向かっていたはずだ。帰りは車だから、こんなに時間がかかるはずがない。

一馬は今日二度目の舌打ちをする。これなら歩いていったほうが早い。

「立て」

男を促し、立ち上がらせると、左手で男の右肘《ひじ》の辺りを掴み、歩き出す。手錠をかけていても、万一ということがある。一馬は常に周囲に気を配りながら歩いた。男がおとなしくなっていたから、比較的楽に大通りまで進むことができた。

ここまで来れば駐車場はもう見えている。

「何やってんだ？」

一馬は眉根《まゆね》を寄せ、車のそばにいる吉見を見つけ呟《つぶや》いた。吉見は白髪の老婦人と何やら話し込んでいるのだ。

「あ、先輩」

一馬に気づいた吉見がホッとした顔で呼びかけてくる。一馬は男の腕を引っ張り、さらに吉見へと近づく。

「どうしたんだ？」

「道を聞かれたんですけど、俺、この辺には詳しくなくて……」

吉見の答えに一馬は溜息しか出なかった。確かに容疑者の身柄は確保しているが、あまりに緊張感がなさすぎる。

「わかった。俺《おれ》が代わる」

一馬はそう言ってから、先に男を後部座席に座らせた。そして、吉見に目を離さないよう伝え、老婦人に向き合った。

容疑者追跡時に迷わないよう、管轄内だけでなくその周辺の道も把握している。老婦人の質問にも的確に答えることができた。交番勤務をしていたときは、道を尋ねられることも多かったから慣れたものだ。

老婦人が礼を言って去っていき、一馬はようやく本来の仕事に戻れた。

「吉見、お前が運転だ」

先輩後輩でコンビを組むとき、運転はほとんどの場合、後輩が受け持つ。だが、その後輩があまりにも経験不足のときは、その限りではない。特に吉見の場合はだ。

「この辺りに詳しくなくても、署には戻れんだろ」

「任せてください」

嫌みにも気づかず、吉見は胸を張る。相手をするから疲れるのだと割り切り、一馬は無言で後部座席、つまり容疑者の隣に座った。

万一、容疑者が暴れ出したときの対処を任せるよりも、運転を任せるほうが、悪くても道に迷うだけで済む。

「それじゃ、出発します」

呑気《のんき》な掛け声を合図に車がスタートする。車さえ動き出せば、容疑者が外に飛び出そうとする心配も少なくなる。少なくとも署に着くまでは楽ができる。そう思っていた矢先だ。

「配属されるまで、多摩って来たことがなかったんですけど、意外に都会なんですね。びっくりしました」

赤信号で停まった途端、吉見は気軽に世間話をしかけてきた。

「いいから、黙ってろ」

吉見には言わなければ伝わらない。容疑者の手前、露骨に説教もできないから、厳しい口調で窘《たしな》めるに留めた。

それからはどうにか無言のまま走り続ける。

四月に入ってから、確実に溜息の回数が増えた。今もまた自然と口をついて出てきていた。全《すべ》ては吉見のせいだ。一馬がこうまで吉見に振り回されている現状を見れば、課長たちはきっと笑うに違いない。

そのうえ、もっと厄介なのは、どういうわけだか懐かれてしまったことだ。怒鳴りつけようが嫌みを言おうが、吉見は全く気にした様子もなく、一馬について回る。おかげで四月に入ってからは一度も科学技術捜査研究所には顔を出せないでいた。

科捜研にいる、付き合って半年になる一馬の恋人、神宮聡志《じんぐうさとし》は、いたってクールな男だ。べタベタする関係を好まないのは一馬と同じで、だから毎日、連絡を取り合うようなことはない。互いに仕事が忙しいことは承知の上で付き合い始めたのだから、一週間、顔を見ないだけでなく、声すら聞かないときもあった。だが、今回はこれまででも最長だ。

最後に会ったのは三月の終わり頃、一馬はその時のことを思い出す……。

◆◇◆

事件が起きない日もたまにはある。さらにそこへ未解決事件もないとなれば、定時に仕事を終えられる喜びに、刑事たちの動きも軽くなる。一馬もその一人だった。おまけに明日は非番で言うことナシの状態だ。

一馬は早足で署を後にし、神宮のマンションへと急いだ。神宮が今日は休みで自宅にいることは確認済みだった。早く着けばそれだけ長い時間、一緒に過ごすことができる。三日前にも顔を合わせているが、それは他の所員もいる科捜研の中でのことだ。個人的な会話もできず、ただ顔を見ることしかできなかった。

「ホントに暇だったんだな」

マンションに到着した一馬を出迎えた神宮は、いつもの皮肉な笑みを浮かべている。もっともこれはポーズのようなものだ。根っこの部分では一馬と同じ熱いものを持っているのに、それを素直に見せるのが嫌で、クールに振る舞っている。それがまた神宮の容姿にはよく似合っていた。

すっきりとした切れ長の目は細すぎず、眼鏡とともに頭の良さを感じさせる。四分の一はフランス人の血が入っているだけあって、日本人には珍しい通った鼻筋が、より顔立ちを端正なものにしていた。

「入れよ」

神宮は一馬を誘い、部屋の中へと先に歩き出す。

神宮とは背の高さはほとんど同じだが、横幅が筋肉質な分、一馬のほうが僅かだが上回っている。だが、神宮も痩《や》せすぎということはなく、引き締まったいい体なのは、何度も目にして知っている。

思いだし想像して、一馬の胸は期待で膨らむ。久しぶりに二人きりの状態だ。興奮するなというほうが無理だ。

「そういや、お前のところ、署長が新しくなるらしいな」

神宮はキッチンで酒の用意を始めながら、色気のないことを切り出してくる。一馬はそれを着替えながら聞いていた。神宮の部屋に着いて、まず最初にすることがスーツを脱いで楽なスエットに着替えることだった。スーツではなかなかくつろげないし、それに皺《しわ》が寄るのを少しでも減らしたかった。

「うちの？　そうなのか？」

「そうなのかって……」

問い返す一馬に、神宮が眼鏡の奥の目を細め、言葉を途切れさせた。たった半年の付き合いでも、その僅かな表情の変化だけで呆《あき》れているのがわかる。

「四月の人事の話だぞ。明後日《あさって》にはその新しい署長が来るっていうのに、何も聞いてないのか？」

今度ははっきりと神宮は呆れたことを言葉で伝えてきた。神宮の言うとおり、今日は三月三十日、明後日には新しい年度を迎える。毎年四月には大きな人事異動が行われているが、自分さえ異動にならないのなら関係ないと、一馬は人事に関心を示したことはなかった。

「そういう話が科捜研でも噂《うわさ》になんのか？」

一馬にとっては、新しい署長が誰かよりも、神宮が知っていたことのほうが不思議だった。着替えを終えた一馬は、神宮と話がしやすいようダイニングの椅子《いす》に腰掛け、その理由を尋ねる。

「女性陣が噂していた。今度の署長はまだ四十そこそこのキャリアらしい」

「なるほどね」

一馬は納得し、すぐに興味をなくす。今の署長も何度か顔を見かけたことがあるくらいで、接点はほとんどなかった。トップが誰になろうが、所詮《しょせん》、平の刑事には関係のない話だ。

「結婚相手としての興味があるんだろうな」

神宮も他人事のように言って、缶ビールとつまみとしてサラミを一馬の前のテーブルに置いた。仕事帰りの一馬を労《いたわ》ってくれているようだが、一馬の欲しいものは別にある。

「そんなどうでもいい話より……」

一馬はニヤリと笑って、神宮の腕を引く。咄嗟《とっさ》のことに神宮がバランスを崩し、一馬の胸に倒れ込んでくる。

「久しぶりに二人きりなんだ。もっと楽しいことをしようぜ」

「久しぶりなのは誰のせいだ？」

これだけ密着し、しかも露骨に誘っているというのに、神宮は冷たい視線を向け、冷静な指摘をする。

「それは、まあ、俺のせいだけどな」

一馬はさすがに申し訳なく感じ、神宮を解放して頭を掻《か》く。

三月はとにかく忙しかった。立て続けに事件が発生し、一馬だけでなく刑事課全体が休みナシの生活だった。連日遅くまで捜査に走り回り、当直でもないのに寮に戻れない日も多々あった。そんな状況だから、僅かばかりの自由な時間は全て睡眠に充《あ》てた。そうでなければ、いくらタフな一馬でも体が保《も》たなかっただろう。だが、そのせいで十日前も神宮との約束をドタキャンする羽目になった。厄介な事件が片づき、ようやく早く帰れるとわざわざ神宮にも電話をして、だからお前も早く帰れと勧めた直後、また事件が発生し、結果、神宮に一人で長い夜を過ごさせることになってしまったのだ。

「確か、その埋め合わせをしてくれるんだったよな？」

神宮の目がきらりと光り、一馬に立場の悪さを自覚させたうえで、腕を取って立ち上がらせた。そうしておいて、腕を回し一馬の尻《しり》を撫《な》で始めた。

「ああ、任せろ。こっちにたっぷりと注いでやる」

一馬も負けずに神宮の双丘に手を這《は》わせた。

「埋め合わせなんだから、俺の要求に応《こた》えるのが筋じゃないのか？」

「それ以上に満足させてやるって」

これまで何度となくこんなやりとりを繰り返してきた。どちらが主導権を握るのか。どちらが抱く側なのか。それは重大な問題だった。

だが、現実はなかなか一馬の思うようにはいかない。神宮に抱かれた回数は、もうすぐ二桁《けた》に達する。どんなに攻めようとしても、神宮としか男との経験がない一馬は、ゲイで経験豊富な神宮の巧みなテクニックによって、最後にはいいようにされてしまうのだ。

「懲りない男だな」

呆れたように言うなり、神宮はスエットの中に手を忍び込ませ、下着の上から一馬の中心を揉み始めた。スーツのときのスラックスと違い、ベルトもボタンもファスナーもないスエットは、易々《やすやす》と侵入を許してしまう。

「ふぅ……」

久々の感触に息が上がる。神宮と付き合いだしてからは、以前のように遊びの相手を求めてナンパに出かけることもなくなり、つまり神宮と抱き合うことがなければ、自分で慰めるしかなくなっていた。

動きがわかっている自分自身の手では、どうしても得られない快感を体が勝手に期待する。だが、神宮はわざと焦《じ》らすかのように、ゆっくりとした軽い刺激しか与えない。

もっと強い快感が欲しい。一馬はその気持ちを伝えるため、自分もまた神宮の中心へと手を伸ばした。

自宅でもあまりラフになりすぎない神宮は、白いシャツにスラックスを穿《は》いている。こうなる展開がわかっているのだから、こんな手間のかかる服を着ていなくてもいいのにとボタンを外す手ももどかしく、一馬はファスナーを下げた。

ほんの半年前には想像もしていなかった。他の男のファスナーを下げ、ましてや、その中に手を差し入れる日が来ようとは、夢にも思っていなかった。

けれど、現実の一馬は、神宮の下着をずり下げ、僅かに力を持った中心に指を絡ませている。

一馬が直接、触れたことに対抗して、神宮もまた一馬のスエットと下着をずらし、既に形を変えている屹立《きつりつ》を外気に晒《さら》す。

ようやく待ち望んでいた快感を与えられ、一馬は自分の昂《たか》ぶりと同じだけ神宮も感じさせせようと手を上下に擦《こす》り上げる。

男性経験は少なくても、同じ男だからツボはわかる。それにやはり同性同士、ライバル意識があり、相手より先にはイキたくないと、手の動きが激しくなる。

共に先走りがより手を滑らかに動かし、限界が近くなる。至近距離には快感を堪《こら》える、上気した神宮の顔があった。

神宮と出会うまでは全く男になど興味なかったのに、この顔を知ってしまってからは、すっかり夢中になっている。

一馬は艶《つや》のある表情を浮かべている神宮に誘われ、顔を近づけていく。

目を閉じたのは、多分、同じタイミングだった。唇同士が触れ合ってから、先に舌を差し入れようとしたのは一馬だった。

手で扱《しご》くだけではなく、キスでもまた神宮を昂ぶらせてやろうと口腔《こうこう》内を思うさま貪《むさぼ》るが、同じだけの熱さで神宮の舌が絡みついてくる。だったらもっと激しくしてやるまでだ。一馬は両手を神宮の首の後ろに回し、体ごと引き寄せた。強く押しつける唇で、リードしているのは自分だと知らしめる。

一つのことに夢中になると他が見えなくなるのは、仕事に限ったことではない。今もまたキスだけでイカせてやろうと必死になるあまり、神宮の手が中心から離れたことに気づけなかった。

「お前っ……」

一馬はぎょっとして顔を離す。本来なら他人に触れられるはずのない場所に、濡《ぬ》れた指の感触があるのだ。

「相変わらず、迂闊《うかつ》な奴だ」

艶めいた笑みを浮かべた神宮は、そのまま指を突き刺した。

「……っ……」

慣れない感覚に、一馬は息を詰まらせる。神宮の指が細いとはいえ、こんなにすんなりと入ってしまうのは、きっとローションか何かをつけているからに違いない。キスの間、神宮は一馬に見えないよう、一馬の背中の後ろでその作業を行っていたようだ。

「ちょっ……待てって……」

一馬は不快感に顔を歪《ゆが》めながら、神宮の指を引き抜こうとその手首を掴もうとする。

「待てないな」

「あっ……あぁ……」

一馬の中を知り尽くした神宮は、指先で前立腺《せん》を擦り上げた。直接的な刺激に一馬は前のめりになり、神宮の肩にもたれかかる。

「ほら、お前だっていいんだろう?」

耳元にいやらしく囁《ささや》きかけられても反論できなかった。中で蠢《うごめ》く指のせいで、口を開けば淫《みだ》らな喘《あえ》ぎしか出てきそうにない。

ごくごくノーマルな性癖だった一馬は、神宮にされるまで後孔に何かを入れるということがなかった。絶対的な経験値の少なさが、一馬から抵抗を奪い去る。

「くっ……ぅ……」

ローションの滑りのおかげで、指が二本に増やされても、一馬の奥は締め付けながらも受け入れた。

神宮は二本の指を交互に動かし、突いたり擦り上げたりして前立腺への刺激を与え続ける。

「いい加減……にしろ……って……」

一方的に追いつめられることへの抗議は、震えてとぎれとぎれになり、とても犯人を追いつめているときの迫力はない。

「確かにかなり柔らかくなってきた」

その言葉で神宮の真の狙いを知る。神宮は一馬を昂ぶらせつつ、自分を受け入れさせられるよう解していたのだ。

「お前がいいって言ったんだ。そろそろ俺の番だな」

「いいなん……てっ……言ってねえ……」

「諦めが悪い男だ」

神宮はフッと口元を緩めたかと思うと、奥に収めた指はそのままに、一馬の前から体をずらした。

一馬は神宮の肩に摑まりどうにか立っていられたのだ。支えがなくなり、崩れ落ちるのを防ぐために、テーブルに手を突いた。

それが神宮の狙いだった。手を突けば自然と前屈《かが》みになる。神宮は指を引き抜くと素早い動きで背後に回り込み、腰を押し当てた。

「待っ……」

制止を求める声は、無情にも封じられる。指の何倍にもなる大きさのものが、一馬に突き刺さる。中から広がる焼けるような熱さは、神宮の昂ぶりだ。

「最高だな、お前の中は……」

うっとりとしたような囁きに、一馬はもう悪態も吐けなかった。不本意ながら何度か抱かれているから、初めてのときのような衝撃はなくなったものの、やはり挿入時の圧迫感には呼吸が止まりそうになる。言葉など発せられるはずもなかった。

だが、本当に辛いのはこれからだ。腰を摑んだ神宮の手に力が籠《こ》もる。

「ああっ……」

一馬が大きさに馴染《なじ》むのを待って、神宮が腰を動かし始めた。肉壁を擦りながら引き抜かれる感触に悲鳴が漏れる。屹立に犯されれば息が詰まる。

両手は震え、体を支えることができなくなり、一馬は上半身をテーブルに押しつけた。

「苦しいだけじゃないだろ？」

神宮は熱い声でからかうように言って、左手を前に回してきた。

「やめ……ろっ……」

一馬は喘ぎを堪《こら》えながら頭を振る。貫かれているというのに、全く萎える気配がないことを知られるのが嫌だった。抱かれることに慣れたと思われたくなかった。

「遠慮するな。もっと感じさせてやる」

中心に指を絡められ、後ろを突き上げられる。最初の圧迫感よりも激しすぎる快感を自分で制御できないことのほうが辛いと、神宮に抱かれることで初めて知った。

抱き合うことが久しぶりなのは、一馬だけではない。神宮もまた久しぶりの一馬の感触に余裕があるわけではなかった。過去の数度の経験よりも性急に追いつめられて、余裕のなさを感じさせられる。

「もっ……イク……」

「いいぞ。イケよ」

促すように一際大きく突き上げられ、一馬は背を反《そ》らし、最後の瞬間を迎えた。迸《ほとばし》りは神宮の手のひらに受け止められる。

ぐったりとして一馬はテーブルに体を預けた。だが、中にいる神宮はまだ固さを保ったままだ。

「お前はそうしてろ」

神宮は一馬の腰を抱え直し、数度激しく突き上げてから、自身を引き抜き、一馬の双丘に迸りをぶちまけた。

その感触が、達した後の解放感に浸っていた一馬に、また抱かれてしまったと敗北感を思い起こさせる。

「立てるか?」

気遣うように問われ、これくらいでへばったとは思われたくなくて、一馬はなんとか体を起こす。だが、立ったままで貫かれたのは初めてだったせいか、腰がふらつき、バランスを崩してしまった。

床に倒れ込むことは神宮が防いでくれた。その前に強い力で一馬の腕を引き寄せたのだ。

「おい、この格好は何だよ」

掠《かす》れた声で凄《すご》んでも効果はないが、それ以上に今の体勢が一馬から凄みを奪っていた。神宮に腕を引かれたことにより、一馬は椅子に座った神宮の膝《ひざ》に乗せられ、背中から抱きしめられているのだ。

「たった一回で俺が満足するとでも?」

その言葉を証明するように、一馬の尻に固いものが当たっている。

「お前、それは元気よすぎだろ」

「誰がこうしたんだ?」

耳元でいやらしく響く神宮の声が、冷めていた一馬の熱をまた取り戻させる。神宮がすかさずそこに指を絡めてくる。

「ほら、お前もその気になってきた」

「俺もまだまだ若いんでな」

「でも、腰が立たないんじゃ、お前がするのは無理だな。仕方ない。また俺が頑張ろう」

神宮はそう言うなり、一馬の腰を持ち上げた。

「待てっ、まだ……あぁっ……」

抗議などする間もなかった。再び神宮に犯され、自分の体重の分、さっきよりも深く飲み込まされる。

この体勢は神宮にとっても楽ではないはずだった。一馬の体重を膝に受けるのはもちろんだが、腰を掴むだけで大の男をそう何度も持ち上げるのは辛い。だから、神宮は僅かに腰を浮かせるだけの動きを繰り返した。

「あっ……くぅ……ん……」

激しく腰を使われているわけではないのに、一馬の口からは甘い吐息が漏れる。ずしんと襲ってくる震動が快感に繋《つな》がっていく。

一馬は自らに手を伸ばし、刺激を与える。今の自分の姿が、どれほど淫らで滑稽《こっけい》かなど考える余裕はない。

　上半身はトレーナーを着て、下半身は剝《む》きだしで男の膝に座り、後ろから貫かれている。それでも足りないと自ら慰める姿は、神宮にならさぞ扇情的に映ったことだろう。だが、その神宮も呑気に一馬の痴態を眺めているだけの余裕はなかった。

　神宮の熱い息が首筋にかかる。腰の動きと呼応した息づかいに、いつしか一馬も合わせていた。

「河東、いいか……？」

　今度は一緒に達しようという誘いに一馬は無言で頷《うなず》く。神宮は最後の力を振り絞り、一馬を持ち上げた。

「……くっ……」

　二人同時に達したが、低く呻《うめ》いたのは神宮だ。一馬はもう声にもならなかった。

　性急に求め合い、さすがに神宮もすぐには動けないようだ。疲れ切っているのは一馬も同じだが、いつまでもこの体勢でいては、いつ神宮が復活するかしれない。一馬はテーブルに手を突き、体を支えて腰を持ち上げた。ズルリと抜け出て行く感触は、毎回、鳥肌ものだが、それはなんとか堪えて、別の椅子へと座り込む。

「くそったれ……」

　悪態を吐いて、目の前にあったビールに手を伸ばす。プルトップを開け、すっかり温《ぬる》くなった中味を胃に流し込む。

「他に言いようがないのか」

神宮が汗で額に張り付いた髪をかき上げながら、呆れたように言った。衣服の乱れは直しているものの、情事の後の雰囲気を纏《まと》わせた神宮は、男の一馬から見ても色気に溢《あふ》れていた。それなのにどうして毎回、一馬が抱かれなければならないのか。今の現状にまた腹が立ってくる。

「ねえよ。いい加減、俺もお前の中でイキたいっての」

「ホントに諦めが悪いな」

「諦められるか」

一馬はそう吐き捨て、残りのビールを一気に飲み干した。喘ぎすぎたせいで喉《のど》がカラカラだとは神宮には決して言えない。

「ああ、そういえば、テクニックを身につけるとか言ってたが、変わってないんじゃないのか?」

テーブルにもたれて立ったままで、神宮が嫌みったらしい笑みを浮かべ、一馬を見下ろす。

「お前が試させないんだろ」

「そうしたけりゃ、機会を多く作るんだな」

会えないことを引き合いに出され、一馬は答えに詰まる。どちらのほうがより忙しいかと言えば、圧倒的に一馬だ。神宮も毎日のように残業をしているが、さすがに連日、泊まり込みだったり、真夜中に呼び出されたりということはない。つまり会えない理由はほとんどが一馬の事情なのだ。

「俺が刑事でいる間は無理ってことじゃねえか。いつになるんだよ」

ぼやく一馬に神宮が口元を綻《ほころ》ばす。

「何がおかしい？」

「お前が刑事を辞めるときなんて来るのか？」

「そりゃ、まあ、体が動かなくなりゃ、諦めるしかねえだろ」

気力だけではどうにもならないことがある。犯人を追いかける体力がなくなれば、そのときは刑事を引退するときだ。けれど、今はまだそんな遠い将来のことは考えていない。

「それじゃ、そのときにまだ勃《た》つようなら、相手をしてやるよ」

「そんなに待てるか」

一馬の抗議を神宮は余裕の笑みで返した。

◆◇◆

「先輩？」

吉見の呼びかける声が、一馬を現実に引き戻す。どうにか神宮に勝ちたいと思っても、この忙しい状況では、なかなかその望みは叶《かな》いそうにない。

「どうした？」

一馬は妄想に耽《ふけ》っていたことは感じさせないよう、わざと冷たく問い返す。

「次、どっちに曲がるんでしたっけ？」

バックミラー越しに目が合い、冗談ではないことが一馬にも伝わる。呆れて怒鳴る気力もない。

「署までの道順くらい覚えとけ。左だ」

一馬の指示に車は左折して、署への正しい道順を辿《たど》る。

「朝も通っただろ」

「だって、運転してたの先輩ですもん」

「ですもんじゃねえ。ぼーっとしてねえで、そういうときに道を覚えるんだよ」

「なるほど。道ってそうやって覚えるんですね」

どうにもピントの合わない感心の仕方をする吉見に、容疑者のいる車内では無駄話をしないつもりでいた一馬だが、質問をぶつけずにはいられなかった。

「お前、免許は持ってんだろ？　そんなんでちゃんと運転できたのか？」

「移動はタクシーですから、問題ありません」

吉見は全くなんのためらいもなく、堂々と答えた。吉見が相当なお坊ちゃんだというのは、着任してきたその日には噂《うわさ》になっていた。まず身につけているものが、一馬たちとは比較にならない高額なブランドものだった。しかもそれを自然に着こなしているのだから、婦警たちが何者だと騒ぎ出すのも無理はなかった。そして、婦警たちがネットワークを駆使して調べた結果、吉見の父親は警察庁高官で、叔父は警視庁副総監だとわかった。さらに実家は資産家で過去には政治家も輩出したことのある家柄らしい。だから、タクシー移動が当たり前だと言われても、今更、驚きはなかった。

「パトロールはタクシーじゃできねえんだから、ちゃんと訓練しとけよ」

「わかりました」

元気のいい返事をし、吉見は真剣な顔でハンドルを握る。

元々、署からそう離れた場所ではなかったから、戻るのに三十分とかからなかった。

玄関前に車を横付けさせ、一馬は容疑者と一緒に車を降り、吉見に車を任せて先に刑事課へと向かう。

「おう、お疲れ」

同僚の長谷川が一馬を出迎えた。長谷川は吉見の前に一馬の相棒だった、刑事歴十五年を超えるベテランだ。

「取調室、空いてますか?」

一馬は容疑者の腕を引っ張りながら、長谷川に問いかける。

「空けておいたぞ。吉見から連絡をもらったんでな」

それは一馬の知らないことだ。そうしろと指示も出していなかったが、車を出しに行くときに気を利かせて連絡していたらしい。一馬はひとまず男を取調室へと連行し、椅子に座らせて待たせておいた。取り調べは一人ではできない。調書を書き留める人間が必要だからだ。

部屋に鍵《かぎ》をかけ、刑事課に戻っても、まだ吉見の姿はない。一馬の視線で長谷川も吉見がいないことに気づいた。

「吉見は何してるんだ?」

「駐車の練習でもしてんじゃないっすかね」

一馬はそっけなく答える。自分が降りた後のことは見ていないが、まだ来ないところを見ると、一馬の想像が当たっているようだ。

吉見は道を知らないだけでなく、普段は乗らないだけあって、運転技術も未熟だった。バックの運転は特に苦手らしく、前回、運転を任せたとき、なかなかスペース内に収まらず、何度も切り返しをして、どうにか駐車できるまでに十分かかった。それがあったから、一馬は先に容疑者を連行することを優先させたのだ。

「河東、戻ってたのか」

席を外していた課長が戻ってきて、一馬の顔を見るなり、表情を綻ばせた。

「よくやったな。さすが、検挙率ナンバーワンだ」

課長は満足げに一馬の肩を叩《たた》く。

「はあ、どうも」

いつにない課長の態度を不審に感じながらも、一馬は小さく頭を下げる。検挙率はよくても勝手ばかりするから、怒られることには慣れていても、褒められることは滅多にない。何の前触れだと一馬は素直に喜べなかった。

課長は鼻歌でも歌い出しそうな勢いで、足取り軽くデスクへと向かう。

「なんで、あんなに機嫌がいいんすか?」

一馬は小声で隣にいる長谷川に尋ねた。

「署長にいいところを見せられたからだろう。早期解決。検挙率アップでな」

「ああ、そういや、署長が替わったんでしたね」

相づちを打ったものの、興味がないことは明白だった。言われるまで忘れていたし、まだ新署長の顔も知らなかった。全署員を集めての着任挨拶《あいさつ》はあったのだが、一馬はそれを捜査が忙しいと顔を出さなかった。聞いても意味のない挨拶のために、時間を割くのが嫌だったのだ。

「相変わらずだな、お前は」

長谷川が呆れたように言った。

「誰が署長になったところで、一緒になって走り回ってくれるわけじゃないっすからね」

長谷川と会話しながらも、一馬の視線はドアに向かう。暇だから立ち話をしているのではなく、吉見の到着を待っているだけなのだが、なかなか現れない。仕方がない。長谷川に頼むかと思いかけたとき、ようやく呑気な足取りで吉見が刑事課に顔を見せた。

「お前、車を停めるのに、どんだけ時間がかかってんだ」

「それだけじゃないですよ。ほら」

駐車に手間取ったことは否定せず、吉見はカラフルな紙袋を持ち上げて見せた。

「なんだ、それ？」

「交通課の婦警さんたちから、差し入れです」

「差し入れだって？」

一馬と長谷川は顔を見合わせる。刑事課に勤務してこの方、同じ署の婦警から差し入れなどもらったことはなかった。一馬はモテるほうだし、バレンタインのチョコレートならたくさんもらう。だが、なんでもない時期に、交通課から刑事課へ差し入れをする習慣など聞いたことがない。

「お前でも将来有望なキャリアには勝てないってことだ」

長谷川がおかしそうに笑っている。これまで検挙率だけでなく、女性からの支持も一馬がダントツだっただけに、思いがけないライバル登場が面白いらしい。

刑事としての見込みはなくても、警察庁内で出世していくことに問題はない。実家が金持ちだということに加え、吉見の外見も女性が母性本能をくすぐられそうな、優しげで可愛らしい雰囲気だ。

「どうでもいいっすよ、そんなこと」

気にしてないふうを装ったところで、眉間《みけん》に皺が寄っていては説得力がない。どんなことでも人に負けるのは嫌いだが、相手が吉見となれば尚更《なおさら》だった。神宮と付き合っているから、女性にモテても無駄なのだが、それとこれとは話が別だ。

「俺なんて、先輩に比べたら、モテてるうちに入りませんよ」

二人の会話を聞いていた吉見が口を挟んだ。

「嫌みのつもりか？」

「違いますって。俺の場合は結婚相手に向いているってことで、先輩は一度でいいからお願いしたいんだそうですよ。男の色気っていうのかなぁ。俺も先輩みたいになりたいです」

キラキラした目で憧れの視線を向けられると、悪い気はしない。一馬は顔をにやつかせて、

「ま、お前も俺ほどじゃないにしても、なかなかいい線、行ってんじゃねえか」

「先輩にそんなふうに言ってもらえるなんて、感激です」

「お前たち、お互いを褒め合うのはそれくらいにして、早く取り調べを始めろ。いい加減、課長が怒り出すぞ」

割って入った長谷川の冷静な指摘に、一馬と吉見は顔を見合わせ、課長とは目を合わさないようにして、取調室へと向かった。

2

翌日も朝から取り調べだった。自供に基づき、証拠も固まった。この分だと、夕方までに検察庁に送致できるだろう。

今回のように順調に片づく事件なら、吉見と一緒でもさほど困ることはなかった。取り調べ中も黙々と調書を取っていて、邪魔にならないどころか、その調書を纏める作業を引き受けてくれるからありがたいくらいだ。

「河東、ちょっと……」

急にドアが開き、真剣な表情の長谷川が、手招きして一馬を呼び寄せる。何か大きな事件が起きたに違いない。一馬も顔を引き締め、吉見をその場に残して取調室を出た。

長谷川は廊下で待っていて、一馬が姿を見せるなり一馬の読みが当たっていたことを告げた。

「多摩川で水死体が上がった」

「コロシですか?」

一馬の問いかけに、長谷川はたぶんと答え、

「腹に刺し傷がある」

自殺や事故の可能性が低いことを告げた。

「すぐに現場に向かいます。ここはあいつに任せて……」

「吉見も連れて行け」

一馬の言葉を遮り、長谷川が命令する。

「あいつが行っても足手まといなだけっすよ」

「いつまでもそんなことは言ってられないだろう。取り調べは課長が代わるそうだ」

つまりは課長の意向だということだ。ここで意固地になって逆らうより、今は素直に従って、捜査が始まってから、邪魔になった時点で切り捨てればいいだけのことだ。

そうと決まれば、急ぐまでだ。一馬は取調室から吉見を呼び出し、殺人事件の発生を告げ、現場へ急行した。覆面パトカーを運転するのは一馬だ。急いでいるときには、道に不安のある吉見には任せられない。

「緊張してんのか？」

一馬は運転しながら助手席の吉見に問いかけた。横顔がこれまでに見たことがないくらい強《こわ》張《ば》っていて、何よりさっきから一言も口をきかないのだ。

「殺人事件は初めてなんです」

吉見は正直に緊張を認めた。根が素直な人間なのだろう。強がったり、見栄を張ったりすることがない。できもしないことをできると言う奴よりも、よほど扱いやすい。

「そりゃ、そうだろうな」

言われるまでもなく、一馬にも容易に推察できた。刑事課に配属される前は、交通課勤務で殺人とは縁がない部署だ。今年に入って多摩川西署管内で殺人が起きたのは、今回が初めてだから、吉見にとっては初めての殺人事件の捜査になる。

「先輩はもう何度も経験されてるんですか？」

「そんなに多くはねえよ」

一馬は誇張することなく、事実を伝えた。

毎日のように殺人事件の発生が報道されるが、警察署は日本全国にある。多摩川西署管内に限れば、殺人は年に一、二件、あるかないかだ。

「最初はいろんな意味でキツイだろうが、お前もいつかお偉いさんになったときのために、俺らの苦労を経験しとけ」

「頑張ります」

吉見は緊張感の中に決意を滲《にじ》ませる。

これ以上、不安を煽《あお》ることを言うのは酷だろう。一馬はそれからは無言で現場まで車を走らせた。

川岸へ到着すると人だかりが、詳細な現場を教えてくれている。一馬は他の警察車両のそばに車を停めてから、吉見と一緒に人混みをかき分ける。

「お疲れさまです」

制服警官の挨拶を受け、ロープをくぐり、遺体発見現場に足を踏み入れた。私服制服警官が入り乱れ、その中に紺色の制服を来た鑑識課員の姿もある。取り調べに関わっていた分だけ、出向くのが遅くなったことに一馬は舌打ちする。

「河東、こっちだ」

先に来ていた同僚の池野《いけの》が一馬を呼び寄せる。池野は一馬よりも四つ年上ながら、堅苦しいのは嫌いだと一馬にため口を許してくれる唯一の先輩だ。

池野の足下には青いビニールシートが広げられている。その下に発見された遺体があるのだろう。

「どこまでわかってんの？」

一馬は池野に近づき問いかける。

「遺体の状況だけだな」

池野はそう前置きしてから、一馬が到着するまでに判明したことを教えてくれた。

「遺体は川岸に引っかかっているところを散歩中の近所の男性に発見された。腹を刺されて、川に投げ捨てられたようだ。鑑識が犯行現場を特定するために、土手を上流に向かって調べているところだ」

「死亡原因はその刺し傷？　溺死《できし》？」

「解剖してみないとはっきりとしたことは言えないが、出血多量によるショック死じゃないかってことだ」

「凶器は？」

「発見されてない」

一馬はまずそこまでで質問を止め、その場にしゃがみ込んだ。そして、両手を合わせてから、ビニールシートを捲《まく》り上げる。

四十代から五十代くらいの男性だ。比較的綺麗《きれい》な遺体だった。水中に沈むことなく、ここまで流されたきたのだろう。顔や腕に見える擦過傷はそのときにできたものに違いない。

「吉見」

一馬はついてきていたはずの吉見に呼びかけた。だが、返事がない。振り返ると吉見は池野よりも後ろにいて、遠巻きにこちらの様子を窺《うかが》っているだけだった。その表情は車内で見たときよりもさらに固く、その固さが全身にも広がったように動けないでいるようだ。

「吉見、こっちに来い」

さらに強い口調で一馬は命じる。その声に弾かれたように吉見の足が動いた。

吉見が遺体を見たところで、何かに気づくとは思えない。けれど、見せなければ本当の意味での事件の重さを理解できないだろう。物言えぬ被害者がここにいるのだと、刑事である自分たちがその無念を晴らさなければならないのだと、一馬はずっとそう思って捜査に取り組んでいる。

重い足取りながら、吉見は一馬の隣に来て、腰を落とした。

初めて殺人事件の遺体と対面した吉見は、表情を青ざめさせたものの決して視線は逸らさなかった。まるで一馬の思いが通じたかのように、遺体から何かを感じ取ろうというのか、じっと見つめている。

確かに損傷が少なく、腐敗もしていないから、比較的マシな状態だが、それでも中には吐き気を催《もよお》した新人もいた。そうならないだけでも、一馬は吉見を見直した。

「ガイシャの身元は？」

一馬は池野を振り仰ぎ質問を再開した。

「身元を示すものは何も所持していなかった。服も珍しいものではなさそうだ。ここから辿るのは難しいだろう」

「だな。ただのサラリーマンってわけじゃなさそうだし、行方不明の届けも出してくれる身内がいないって可能性も大いに考えられる」

一馬も遺体を見ての感想を口にすると、ようやく吉見がいつもの調子を取り戻してきた。

「そうなんですか？　スーツは着てませんけど、休みの日ならこういう格好でも……」

「あのな」

一馬は頭を掻き、吉見を遮った。吉見の馬鹿な言動はコンビを組む一馬の評価にも繋がってくる。

「俺らは服装のことだけを言ってんじゃねえんだよ。まともな会社員がこんなに髭《ひげ》を生やしてるか?」

一馬の指摘に吉見は改めて被害者を見つめた。被害者は顎《あご》だけでなく、鼻の下にも髭を生やしていた。髪も首を隠すぐらいには長く、そのぼさぼさ加減はファッションでというよりは無精で伸びたもののようだ。雇われた立場の人間なら、ここまで身なりに構わないではいられない。注意してくれる家族もいないのではないかと思わせるに充分だった。

「それに、この服装もサラリーマンの休日っていうよりは、場外馬券場でよく見かけるタイプだ。耳に赤ペンでも差してみろ。ぴったりじゃねえか」

「耳に赤ペンはわかりませんけど、確かに俺の周りにはいないです」

これが嫌みではなく言っているのだから、生まれついてのお坊ちゃんは違う。一馬はレクチャーを短く切り上げた。

「死亡推定時刻は?」

「だいたい夜中の二時前後って話だ」

一馬の質問に答えた池野は、もうこれで教えることはないとばかりに、その場から離れていった。

捜査はもう始まっている。まずは被害者の身元を特定することと、目撃者を捜すことだ。

「前科者リスト、当たってみるか」

一馬は独り言のように呟く。被害者の身元がわからなければ、犯行動機を持つ者を絞り込めない。

「それじゃ、署に戻るんですね」

遺体から離れられるのが嬉《うれ》しいのか、吉見が腰を上げるのは早かった。

「お前だけな。リストを当たるのは、俺じゃなくてもできる。それこそ、暇そうにしてる奴を見つけて手伝ってもらえ」

「先輩は？」

「俺は心当たりを当たってくる」

「もう目星がついてるんですか？」

吉見の尊敬の眼差しに、一馬はがっくりと項垂《うなだ》れる。吉見には一馬がどんなスーパー刑事に映っているのだろう。

「そういう心当たりじゃねえ」

言い捨てて、一馬は早足でその場を離れた。呼び止める吉見の声は無視だ。

覆面パトカーに乗り込み、一人で車を走らせる。一緒に乗ってきた吉見は追いてきぼりにしたが、これだけ捜査員がいれば、どこかの車に乗せてもらえるだろう。

一馬が心当たりと言ったのは、この辺りを根城にしているホームレスのことだった。飲屋街でもないのに、夜中の二時に出歩いている人間は多くない。目撃者としてたまたま通りかかった人間を探すよりも、近くにいたホームレスがたまたま起きていた可能性のほうが高いと思った。

ホームレスたちのたまり場は、もう少し先にある橋の下だ。雨がしのげるから、そこに段ボールハウスを建てて、八人が暮らしている。

だが、一馬が向かうのはそこではなかった。今はまだ昼だから、住人たちはそれぞれ別の場所に出かけているのだ。炊き出しをもらいにいく者がいたり、空き缶やペットボトルを集める者もいる。

一馬はまず炊き出し会場に向かった。もう午後二時過ぎで、炊き出し時間は終わっているのだが、一馬の探す人物はよくその会場で、別の場所から来た仲間たちと世間話をすることもあると知っていたからだ。

炊き出し会場は町の公園だ。近くに車を停め、歩いて公園の中に入る。

「やっぱ終わってんな」

小さく呟きながら、周囲を見回す。既にボランティアたちは帰った後だったが、まばらにホームレスらしい人の姿がチラホラしている。その中に一馬の探す姿があった。

「おっちゃん」

一馬は親しげに呼びかけながら、その老人に近づいていく。

「おう、男前の刑事さんか」

一馬の声に気づいた老人が振り返り、笑顔を見せた。おっちゃんと呼ぶよりおじいさんと呼ぶほうがふさわしい風貌だ。肩を越すくらいに長い真っ白な髪と皺だらけの顔に、これまた真っ白な顎髭を蓄えている。軽く七十歳は超えているはずだ。

「ちょっといい？」

一馬は彼らの会話を邪魔することの許可を求める。世間話のように見えるが、大事な情報交換の場だ。

「おういいぞ。またな」

後半は仲間たちへの別れの挨拶で、老人は一馬に顔を向けた。

「おっちゃんさ、昨日の夜から今日の朝まで、橋の下で寝てた？」

時間がもったいないと一馬は早速に本題を切り出す。

「ああ、あの溺死体のことだな」

「さすが。もう知ってる？」

一馬の意図を先読みした老人を、一馬は軽く持ち上げる。老人はあの辺りのホームレスの主のような存在だ。実際、情報通だし物知りではあるのだが、それ故に自尊心が高く、話を聞くときには、まずこの老人に当たらなければへそを曲げる。

「朝になって騒がしくなったからな。でも、夜の間にこれといった騒動はなかったし、怪しい人間も見なかった」

さして考えるふうもなく答えたのは、朝からホームレス同士で話し合っていたからだろう。

近くで死体が発見されたとなれば、格好の話題だ。

「やっぱりか……」

一馬はことさら残念そうに呟き、

「まあ、夜中だし、橋のほうが下流だから、俺もおっちゃんが気づいた可能性は低いと思ってたんだけど、他に聞き込みに回るよりも早いかと思ってさ」

「それは正しい。あの辺りで俺たちが知らないことはないからな」

一馬が持ち上げたことに老人は気をよくしたのか、皺だらけの顔をますます皺まみれにして笑う。

「ま、あの辺の情報収集は俺たちに任せておけばいい。ちょっと心当たりを当たってやろう」

「マジで？　すげえ助かる」

元々、老人は頼られることが好きだから、きっと自分からそう言い出してくれるだろうとは思っていたが、一馬は素直に嬉しさを笑顔で表現する。

「あ、そうだ。これ、いつものヤツ」

一馬はそう言って、思い出したようにジャケットの内ポケットから煙草《たばこ》を取りだした。それを老人はすかさず奪い取る。

「これだこれだ」

老人は満足げに煙草を見つめてから、薄手のくたびれ汚れたトレンチコートのポケットにしまった。

情報提供者へのささやかな報酬だ。現金を渡そうとして施しは受け取らないと最初に断られて以来いつもこの煙草が謝礼代わりになっていた。老人は愛煙家な上に銘柄に拘《こだわ》りがある。ホームレスになってからは、なかなか手に入らず、こうした一馬の差し入れを楽しみにしていた。

情報屋というほど大げさなものではないが、いつどこでどんな事件が起きるかわからない。そのためにアンテナは至るところに張り巡らせておくのだ。

一馬は老人に礼を言ってその場を離れ、また別の場所へと移動する。

犯行時刻が深夜で、おまけに人通りのない川岸が現場となれば、闇雲《やみくも》に周辺を聞き込みしても、そう簡単に目撃者が見つかるとは思えなかった。近くを根城にしているホームレスたちでさえ、何も気づかなかったのだ。一馬は上に意見はしなかったが、目撃者捜しは無駄だと思っていた。

それなら他に犯人を見つけ出す方法はあるのか。一馬は刑事の勘で、被害者は前科があるに違いないと踏んでいた。犯罪常習者独特の雰囲気を滲ませていたのだ。

今頃、吉見がデータベースで検索しているはずだ。死体からでも指紋は採《と》れる。パソコンが苦手な一馬は、デジタル化が進むことに辟易《へきえき》していたが、こういうときはその便利さが身に染みてありがたく思う。

判明すればすぐに動き出せるよう、今の間に昼食を五分で済ませ、さらに車で仮眠も取った。

こうして自分のペースで仕事をするには、一人が一番だ。心当たりを当たるといって吉見を遠ざけたのは、データ照合が面倒だったからだけでなく、吉見の存在が邪魔だったからでもあった。

結局、一馬の携帯電話に連絡が入ったのは、それから三時間後、午後六時を過ぎてからだった。

『被害者の身元がわかりました』

応対に出た一馬に、吉見が得意そうな声で報告する。

『若山正治《わかやままさはる》、四十六歳。覚醒《かくせい》剤取締法違反で二度、逮捕されています』

「所持してただけか?」

『やっぱり鋭いですね、先輩』

吉見が感嘆の声を上げる。

「べんちゃらはいいから早く言え」

『売人です』

やはり一馬の予想は当たっていた。身元がわかり、しかも覚醒剤の売人となれば、動機になりそうなネタはすぐに見つかりそうだった。

「住所は?」

その一馬の問いかけに、吉見は今はわからないがと前置きして、書類上に残っている住所を伝えてきた。ここからなら車を飛ばして一時間といったところだろうか。

『先輩、今から行くんですか？』

「当たり前だ」

一馬は苛立《いらだ》ちを堪え、短く答える。本来の勤務終了時間とされる午後六時は過ぎているが、捜査に時間など関係ない。刑事は定時退社のできる会社員とは違うのだ。

『じゃあ、俺も行きますから、署まで迎えに来てください』

後輩からのあまりの思いがけない言葉に、一馬は絶句し、すぐには答えられなかった。

「……なんだって？」

聞き間違いだと思いたくて、ようやく絞り出すような声で問い返したというのに、吉見にはその思いが通じなかった。

『先輩が車に乗ってっちゃったんですよ？』

「タクシーで来いっ」

一馬の苛立ちは怒りに変わり、吉見を怒鳴りつけて力任せに電話を切った。身元もわかり、捜査が進展する可能性に意気込んだのに、一気に疲れが押し寄せる。

一馬は頭を振って思考を切り替え、車をスタートさせた。もちろん署になど立ち寄らずに、教えられた若山の住所へまっすぐ向かう。

サイレンを鳴らして走ったおかげで、通常なら一時間はかかる距離が四十分で済んだ。

古びた木造アパートが見えてくる。一馬はその前で車を停めた。ここの一階が二年前、出所した当時の若山の住まいだった。

車を降り、教えられた部屋番号に急ぐ。まだ他の刑事たちの姿はなかった。どうやら一馬が一番乗りのようだ。

錆《さび》の目立つ臙脂《えんじ》色のドアには、小さなネームプレートが貼《は》り付けられていて、そこにはマジックで『若山』と記されていた。

若山はまだ引っ越していなかった。幸先《さいさき》がいい。一馬は足取り軽く、隣の部屋をノックし、大家の居所を尋ねた。

その住人が連絡を取ってくれ、近所に住んでいるという大家がすぐに駆けつけてきてくれた。住人が殺されたのだから一大事だ。六十歳前後くらいの男性が固い表情で部屋のドアを開けた。

「若山さんは一人で？」

玄関に立ったままでいる大家に、一馬は室内に足を踏み入れながら問いかけた。

「ずっとお一人です」

「誰か訪ねて来るひとは？」

「いなかったですね」

質問をしつつ、一馬は素早く室内に目を配る。

典型的な独身者の住まいだった。流しには食べ散らかしたカップ麺《めん》の容器があり、小さな折りたたみテーブルにはビールの空き缶が乗ったままだった。床には脱ぎ散らかした服もある。そういった乱雑さに加え、室内に干しっぱなしになった下着も、溜め込んでいたのか、五枚以上がつり下げられている。その中には女性ものは一枚もない。

大家によると家賃の遅れは一度もなかったらしい。だが、人付き合いは一切なく、会社勤めをしているような気配もなかったと言う。

「それじゃ、中を見させてもらいます」

「終わったら声をかけてください」

そう言って、大家は一馬に鍵を渡して帰って行った。

六畳間と四畳半のキッチン、それに風呂《ふろ》とトイレだ。築年数は古くても一人で住むには充分な設備と広さだ。それに家捜《やさが》しをするのにも、これくらい狭いと楽だ。

奥の六畳間へと進むと、むわっとした空気が立ちこめている。一馬は先に窓を開け、空気を入れ換えた。洗濯をしているくらいだ。部屋に帰ってきてはいたのだろうが、自分の部屋の匂《にお》いには、本人が一番気づかないものだ。窓を開けようとは思わなかったらしい。

若山は携帯電話や財布も所持していなかった。前科者なら指紋ですぐに身元は判明する。身元を隠すためだけが目的ではなく、そこに犯人と結びつく何かがあった可能性もある。

考えていても始まらない。一馬は早速、室内の捜索に取りかかった。過去二度の逮捕は、覚醒剤の不法所持だったが、今も売人をしていたかどうかはまだ不明だ。ただ、殺されるような状況にあったということから、若山がクスリと完全に手を切ったとは、一馬は考えていなかった。

現在進行形で売人だったとすれば、どこかにクスリを隠し持っているはずだ。

タンスの引き出し、冷蔵庫、台所の流しの下など、目に入りやすい隠し場所を当たってから、一馬は押し入れに手をかけた。布団や衣装ケースが収められた中で、目を付けたのは天井だった。

上段の布団を引っ張り出し、足をかけて中に体を押し込める。それから端から順に天板を叩いていく。軽く叩くだけで、明らかに他とは違う音を出す場所がある。一馬はそこを手のひらで押し上げた。

以前にも覚醒剤常習者の自宅を捜索した際、同じ場所に隠していたことをヒントにしたのだが、大正解だった。板は横にずれ、手を差し入れるとスーパーのレジ袋のような感触に当たる。

それを摑んで引き出し、一馬は押し入れから脱出した。早速、中を確認すると、手のひらにすっぽり収まるほどの小袋が二十個弱あった。

「やっぱりな」

一馬は予想が当たったと喜ぶよりも、何のために服役したのかと舌打ちしたくなる。

後はこれの入手先だ。どこから仕入れているのかがわかれば、交友関係もわかってくるかもしれない。

周囲に住人がいるから、ドアは閉めて捜索していた。だから、外の足音も最初は他の部屋に向かうものかと思った。それくらい緊迫感のない足取りだったからだ。だが、足音は部屋の前で止まった。

「先輩?」

窺うような声がドアの向こうから聞こえてくる。吉見がようやく到着した。

「開いてるぞ。入ってこい」

一馬はわざわざ出迎える真似《まね》はせず、その場に立ったままで吉見に命令する。

ドアを開けて入ってきたのは吉見だけだった。タクシーに乗ってこいとは言ったが、てっきり他の刑事と一緒に来ると思っていた。

「お前、一人か?」

「長谷川さんたちは昔の売人仲間に聞き込みに行きました」

吉見はそう答えてから、一馬の手元に目を留める。

「それ、なんですか?」

「たぶん、覚醒剤だろ」

「たぶんって、もう見つけちゃったんですか?」

驚いたように吉見は小袋を見つめる。

「中味を調べてからでないとはっきりとは言えないが、間違いないだろうな」

その分析を任せるのは科捜研だ。薬物の種類だけでなく、純度や他の成分の混ざり具合などを詳細に調べれば、過去に押収されたものと一致するかも知れない。だから、一刻も早く科捜研へと向かう必要がある。

「俺はこいつを持って科捜研に行ってくる。お前はここに残って、若山の交友関係がわかるものがないか調べとけ」

「えっ？　俺一人で？」

「お前も刑事だろ」

一馬は焦る吉見を切り捨て、一人で部屋を飛び出した。

急ぐのは早く結果が知りたいからだが、吉見を置き去りにしたのは、神宮に会うのに備えてのことだ。

もう午後九時近い。神宮は遅い時間まで一人で残業しているから、仕事中とはいえ、二人きりで会える時間が作れるかもしれないと考えたのだ。

科捜研へと車を走らせながら、神宮のことを思った。この二週間、電話すらしていない。だから、ついでがあるなら、顔を見るくらいはいいだろうと自分に言い聞かせた。

科捜研に到着したときには午後九時半を回っていた。さすがにこの時間だと、科捜研の窓の明かりも数少なくしか灯っていなかったが、神宮がいつもいる部屋は明るい。

駐車場に車を停め、急ぎ足で通い慣れた建物の中へと入っていく。すっかり静まりかえり、人の気配はほとんど感じられない。

いつもの部屋の前で足を止め、ノックもせずにドアを開ける。

「またお前だけかよ」

一馬はドアを開けるや否や、目に映った光景に呆れたように言った。神宮だけが残っていればいいとは思ったが、本当に一人だけだと、他の人間は仕事をしているのかという疑いを抱いてしまう。

「ついさっきまではいたんだがな」

質問に答える神宮は、顕微鏡《けんびきょう》から顔を上げない。つまり久しぶりに姿を見せた一馬に、顔も向けないということだ。随分と素っ気ない恋人もいたものだ。だが、神宮はこれが普段の態度で、機嫌が悪いわけではない。

「忙しそうだな」

「お前のところが持ち込んだ分だ」

依然として顔を向けずに、神宮は顕微鏡の脇に置かれたトレイを指さした。そこにはいくつかのビニール袋があった。それぞれに白いラベルが貼られていて、被害者の体から採取したものや、周辺から発見された遺留品と思われるものだ。

「それじゃ、ついでにこれも」

「まだ増やす気か」

そうぼやきながら、神宮は今日、初めて顔を上げた。口うるさいし嫌みなところはあるが、仕事は迅速で間違いないと一馬も信用している。

神宮は一馬が手に入れてきたばかりの白い粉を見て、眉を顰《ひそ》めた。

「覚醒剤か？」

「多分な。成分を調べてほしい。コイツを優先で」

一馬の言葉に神宮はこれ見よがしに溜息を吐く。

「全く、お前は同じ事件でも自分が優先なのか」

「こっちのほうが、犯人に近づく可能性が高い」

だから当然だと一馬は悪びれることはなかった。自分のことだから優先させるのではなく、何が一番大事かを考えているだけだ。

神宮はやれやれと肩を竦《すく》めつつも、少しは認めてくれているのか、そのことについてはもう何も言わず、一馬の持ってきた小袋を眺めている。

「しかし、あれだな。これだけ仕事を積まれてても、お前んとこは帰るわけだ」

「いたからって、はかどるわけじゃないし、それこそ、何が急ぎかはわかるんだから、今は必要ないってわけだ」

「なるほどね」

一馬は同僚刑事が持ち込んだ遺留品を見て納得する。凶器も見つかっていないし、犯行現場もまだ特定されていないから、犯人に結びつくだろうものも一馬の見る限り、そこにはなかった。

「これでまた忙しくなりそうだな」

神宮が誰のことだとは言わずに、立ったままの一馬を見上げる。

「まあ、その、なんだ、ほら……」

一馬は立場の悪さから顔を背け、答えを探して言い淀《よど》む。今日も二週間ぶりでやっと顔を見られたというのに、殺人事件が起きてしまえば、ゆっくり時間を取れるのがいつになるかわからない。

「しっかりしろよ、検挙率ナンバーワン」

神宮がフッと口元を緩め、一馬の尻を叩いた。

「お前ならすぐに事件解決できるんだろう?」

「当然だ」

過去の実績と、さらには期待も込めて一馬は笑みを浮かべて言った。

互いに顔を見合わせ笑い合う。たったそれだけのことでも、不思議と力が湧いてきて、ここしばらくの疲れが薄れていくようだった。抱かせてくれないという不満はあるものの、同性である神宮に惚《ほ》れているのは事実で、やはり惚れた相手の笑顔というのは、力をくれるもののようだ。

一馬はふと気づく。しょっちゅう残業しているとはいえ、今日、神宮が残っていたのは、一馬が来ることを予想してのことだったのではないだろうか。殺人事件が発生したとなれば、科捜研に持ち込まれる遺留品も多くなるし、一馬のことだから独自の捜査を始めることは容易に想像できたはずだ。

貴重な時間だから、もう少しくらいは居座ろうかと思っていた矢先、せっかくの雰囲気をぶちこわす声が聞こえてきた。

「せんぱーい、どこですか?」

廊下で響いているのは吉見の声だ。置き去りにしても科捜研に行くと言ってしまったから追いかけてきたらしい。一馬は顔を顰め舌打ちする。

「お前の知り合いか?」

一馬の表情を見て、神宮が問いかけてくる。

「ああ。うちの刑事だ」

ここまで来てしまった以上、居留守を使うわけにはいかないだろう。一馬は神宮に断りを入れてから、廊下に顔を覗かせた。

「うるせえんだよ、お前は」

一馬が邪魔されたことの腹立ちを、キョロキョロしながら廊下を歩いていた吉見に怒鳴りつけることでぶつける。

「あ、いた」

けれど、吉見は一馬を見つけて嬉しそうに駆け寄ってくる。

「お前、何しに来た？　残って調べとけって言ったはずだがな」

自分は上司の命令には従わないのに、それは棚に上げ、吉見を責める。

「大丈夫です。池野さんたちが来てくれて、捜索は自分たちでするから、先輩のところに行っていいって。やっぱり、コンビは一緒に行動しないといけないんですよ」

吉見は一馬の叱責《しっせき》を受け流し、逆に刑事の常識を諭すようなことを言ってくる。

これまでの相棒は、なんだかんだ言いながらも、彼らもまた一人で捜査ができるベテランだったから、一馬を放任していたようなところもあった。けれど、吉見は一人ではできないから、一馬を追いかけてくるしかない。要は池野も一緒に捜索をするのに手取り足取り指導するのが面倒だと、一馬に押しつけたのだ。

一馬は大げさに溜息を吐いてみせた。こんなことなら、行き先など言わずに置き去りにするんだった。けれど、後悔しても遅い。

「河東」

いつまでもドア付近で立ち話をしている一馬に、神宮が焦れたような声で呼びかけてきた。一馬がドアを塞《ふさ》ぐようにして立っているから、神宮には廊下にいる吉見の姿は見えず、会話が聞こえるだけの状態だった。

「入れ」

一馬は仕方ないとドアを大きく開け、吉見を室内に引き入れた。吉見が異動になったときから、一馬は科捜研に来ていない。つまり、神宮とは初対面になる。

「こいつは今、俺がコンビを組んでる吉見だ。四月に異動してきた」

一馬はまず神宮に対して、吉見が何者かを伝えてから、

「で、こっちが科捜研の神宮」

吉見にも神宮を紹介した。

初めて顔を見合わせた二人は、それぞれ対照的な態度を取った。吉見はよろしくお願いしますと深々と頭を下げたの比べ、神宮は無言で会釈すらしない。見るからに不機嫌だとわかる態度だった。

ほんの少し前まではいつもと変わりなかったはずだ。一馬と初めて会ったときも、皮肉な態度は取ったものの、頭を下げることくらいはしていた。

「おい、神宮」

一馬は小声で神宮を促す。先に頭を下げた吉見は気づいていないが、いくら吉見が新人で年下でも、これではあまりにも失礼すぎる。

「挨拶は暇なときにしてくれ。俺は忙しいんだ。今も仕事が増えたところだしな」

神宮はそう言って、早く帰れとばかりに背中を向ける。

「お前なあ、そんな言い方はねえだろ」

「どんな言い方をしようが、伝えたいことは変わらない」

「少しは社交辞令ってもんを考えろ」

「お前が言うか?」

つい吉見がいるのも忘れ、いつもの口調で言い争いをしてしまう。

「お二人は仲がいいんですね」

傍観者になっていた吉見が、しみじみと感想を口にする。

「どこをどう見たらそうなるんだよ」

付き合っているのだから仲がいいのは事実なのだが、他人にそう思われるのは妙にきまり悪い。一馬は仏頂面《ぶっちょうづら》で否定し、神宮もまた不本意そうな顔をする。

「だって、それだけポンポン言いたいことを言い合える関係って、そうあるもんじゃないですよ。それに遺留品を届けるだけなのに、先輩がわざわざ自分で来るのも、神宮さんがいるからなんですよね?」

吉見の言うことは全てそのとおりで、一馬は反論する言葉が見つけられない。助けを求めるように神宮に視線を向けても、まるで他人事《ひとごと》の顔だ。

「お前も黙ってないで何か言えよ」

自分よりも神宮のほうが弁が立つし、吉見を言いくるめることもできるだろうと、一馬は助けを求める。

「俺は別に言いたいことは何もないが」

「お前なあ」

「だいたい、お前たちはここに世間話をしに来たのか？　俺はそんなものに付き合っていられるほど暇じゃないんだ。世間話は署でしてくれ」

吉見が来た瞬間から、神宮の態度が極端に冷たくなった。吉見が原因だとしても、何がそんなに気に入らないのかわからない。

「追い出さなくてもいいだろ。コーヒーの一杯くらい出してくれよ」

一馬は軽口でこの場を和ませようとする。ここに来て、神宮にコーヒーを入れてもらったことなど一度もないのだが、目に入る場所にコーヒーメーカーがあったから言ってみただけだ。

「飲みたいなら、自分で入れろ。ついでに俺の分もな」

「なんだよ、それ」

苦笑しつつも、それで少しでも機嫌が直るのならと、忙しくて会えない分を埋め合わせする意味も込めて、コーヒーくらい入れようと体の向きを変えたところで、吉見と目が合った。

「お前、まだいたのか？」

「いますよ。そんなに邪魔者扱いしなくたっていいじゃないですか」

童顔だからこそ似合う、唇を尖《とが》らせる仕草をした吉見は、ふと思いついたように、とんでもないことを言い出した。

「あ、もしかして、お二人は付き合ってるとか？」

吉見の唐突な質問に、一馬はもちろん、日頃、冷静で動じた様子も見せない神宮も驚きのあまり、動きを止めている。

「何、言い出すんだよ。男じゃねえか」

一馬は嘯《うそぶ》き、なんとか誤魔化そうとするが、内心は冷や汗ものだった。神宮との関係は、今のところ、誰にも知られていない。男同士、仲がいいくらいでは、友達だと思われるだけで、誰もそんな関係だとまでは疑わないのが普通だ。吉見のように考えるのが突飛なのだ。

「だって、すごくいい雰囲気じゃないですか。ゲイの友達もいるんで、別に特別なことじゃないかなって」

吉見には冷やかすような素振りも、冗談を言っているような雰囲気も感じられなかった。だからこそ余計に質が悪い。ふざけるなと叱《しか》り飛ばすのが大人げないような気がして、かといってなんと言って否定すべきなのか。

「さっきも言ったと思うが、くだらない世間話は署でしてくれ」

追いつめられた一馬を救ったのは、神宮の冷たい声だった。二人のことを言われているのに、興味がないとばかりに無関係な態度を貫く神宮には、到底、恋人同士のような甘さはない。これなら吉見も自分の考えを覆《くつがえ》すはずだ。

「ああ、そうだ。お前、課長に報告はしてんだろうな」

「報告ってなんのですか?」

「だから、これが……」

持っていたはずの小袋を見せようとして、既に神宮に渡していたことを思い出す。

「詳細な成分はこれからだが、覚醒剤だ」

一馬の言葉を引き継ぎ、神宮が答える。一馬たちに背中を向けていた間にも、神宮は作業の手を休めていなかった。しかも急ぎだと言った一馬の持ち込み分を優先してくれていたのだ。

「吉見、すぐに報告だ」

「はいっ、行ってきます」

さすがにもう吉見から反論の言葉はなかった。これで被害者が現役の覚醒剤の売人であると確定したのだ。捜査を進展させるために、吉見も駆け足で出て行った。

「やっと煩《うるさ》いのがいなくなった」

遠ざかる足音を確認して、一馬は安堵《あんど》の声を漏らす。

「しかし、やべえな。あんなとぼけた野郎に勘づかれるような真似したか?」

ようやく二人きりになり、一馬はぼやきながら問いかけるが、神宮の答えがない。

不機嫌なのは吉見が原因だと思っていたのに、いなくなった後もまだ機嫌が直っていない。横から顔を覗き込んでも、険しい顔のままだ。

吉見だけが原因でないとしたら、他に何があるのか。吉見とのやりとりで神宮を怒らせるようなことが何かあったのかを一馬は思い返してみるが、ただ吉見と話していただけだ。

「あのさ、まさかと思うけど、嫉妬《しっと》してたりとか？」

本当にまさかなのだが、僅かばかりの可能性を一馬は口にした。神宮はゲイだ。一馬が他の男と親しげにしているのを見て、もしかしたら、いい気分がしなかったのではないかと思ったのだ。

「随分と懐かれてるみたいだな」

神宮ははっきりと否定しないばかりか、暗に認めるようなことを言う。

「懐いてるわけじゃねえよ。あいつはキャリアで捜査現場は初めてだからな。何も知らないってんで、俺に頼り切ってるだけだ」

「先輩風ふかせて、お前もまんざらでもなさそうだが？」

「馬鹿言え。やりづれえんだよ」

そう答えたものの、まとわりつくことさえなければ、実は吉見とコンビを組むのはそれほど厄介でもなかった。神宮の言うように偉そうに命令はできるし、嫌な事務仕事は押しつけられる。その上、一馬が勝手に出かけても、課長に言いつけたりもしないのだ。それに、吉見は他のキャリアたちのように驕《おご》ったところがない。少々、お坊ちゃん育ちなところがあって、行動がのんびりとしているが、そのときは置き去りにすればいいだけで、犯人追跡や身柄の確保には手を借りるまでもない。これまで単独で動くことが多かった一馬だが、それは一馬に合わせてくれる刑事がいなかっただけで、今のところ、吉見とはうまくやっていけているほうだった。

一馬のそんな気持ちを神宮は見抜いていたようだ。

「あのな」

一馬はボリボリと乱暴に頭を掻く。まさか、男への浮気を警戒され、その言い訳をする羽目になるとは想像もしていなかった。

「あいつはただの後輩だし、第一、俺はゲイじゃねえんだ。他の男にその気になんかなるかっての」

絶対にあり得ないと一馬は断言する。かつて、顔も良くて頭も良いフランス人の男に口説かれたことがあったが、一馬は靡《なび》かなかった。体ではなく、気持ちが傾かなかったのだ。

「お前がそうでも、向こうがどう思うかわからないだろ」

「あいつ、ゲイなのか?」

一馬は驚いて問いかけた。一馬にはわからないが、ゲイにはゲイがわかると神宮に教えられたことがある。とっくに見えなくなった吉見の後ろ姿を探すように、一馬はドアに目を遣《や》った。

「いや、違うだろうな」

「なら、心配ねえだろ」

一馬は気軽に答える。男同士、互いにゲイでなければ、おかしな雰囲気になることはないはずだ。神宮のときも、最初に極端なアプローチをされたから、意識するようになったようなものだ。

「ただ、あの男はゲイじゃなくても、細かいことに拘らなさそうに見える。いざとなったらお前のように男同士の壁を乗り越えられそうにな」

神宮の心配は尽きないようだ。吉見がゲイの友達がいるから気にならないというようなことを言ったのも、引っかかっているのかもしれない。

「仮にだ、まあ、ないと思うけどだ、あいつが俺に惚れるようなことがあったところで、俺が自分からキスしたいと思う男はお前だけだ」

一馬はそう言って、神宮の腕を取り、立ち上がらせた。

ほとんど同じ身長で目線は同じ、唇の位置も同じだ。キスをするのにこれほど適した高さはない。

一馬が顔を近づけると、先に神宮のほうから仕掛けられた。重なった唇が熱を持つのは早かった。久しぶりの時間を埋めるように、互いの口中を貪り合い、舌が絡み、唾液《だえき》が混じり合う。軽くするつもりで仕掛けたのに、思いの外に激しくなってしまい、顔を離したときには二人とも頬《ほお》が赤くなるほど体が熱くなっていた。

「職場でこういうことをしてるから、ばれるんじゃないのか?」

神宮がキスの直後だとわかる唾液で濡れた唇を動かし、嫌みを言ってくる。もっともその表情は満足げに笑っている。

「舐《な》めんなよ。そういうところはぬかりねえっての」

「あの新人にばれそうになったのにか？」

「現場を見られたわけじゃない。それに、ちゃんと誤魔化しただろ？」

「あれが、ちゃんとか？　おめでたい奴だな」

神宮が馬鹿にしたように鼻で笑う。

どうしてこんな嫌みな奴がいいのか、一馬はときどき自分でも疑問に思うのだが、こんな嫌みな笑顔でも見たくなるのだから、もう末期症状だ。完全にベタ惚れなのは、神宮にだけは気づかれないようにしたい。

「で、今度はいつ休みになるんだ？」

「この事件が片づいたらだ」

「その前もそう言ってたな」

冷静に返され、一馬はうっと言葉に詰まる。その姿に神宮が口元を緩める。

「まあ、せいぜい頑張れ。こいつは結果がわかり次第、連絡する」

神宮なりの励ましの言葉に、余計なアクシデントはあったものの、ここに来てよかったと一馬は思った。

3

「署長」

課長の緊張した声が室内に響く。事件の捜査中に、珍しく朝から署にいた一馬は自然とその声に顔を上げる。

一馬の視線の先、刑事課のドア付近に見慣れない男が立っていた。一馬が滅多に身につけない制服姿で、むかつくことに自分より背も高く体格がいい。決して太っているという印象はなく、厚い胸板は筋肉によって盛り上がっているのが見て取れた。日焼けした肌に白い歯が光り、鼻が高くて眉間が狭いという、まるで外国人のような顔立ちをしている。年は四十前後といったところだろう。

「おはようございます。どうかされましたか?」

課長がその外国人のような男に腰を低くして駆け寄ったことから、この男が署長だと一馬にもわかった。隣には一馬も知っている小太りの副署長が付き添っている。

「殺人事件が発生したと聞けば、署長として捜査状況を知っておく必要があるからね」

署長は笑みを浮かべ、鷹揚《おうよう》な態度で答えているが、一馬にはどうにも嘘《うそ》くさく映った。一馬が新署長について知っているのは、キャリアだということだけだ。それも部外者である神宮に教えられたもので、一馬が興味を持たないから、刑事課でも誰も一馬に話そうとしない。そう言えば、一番、一馬と時間を過ごしている吉見でさえも、同じキャリアなのに何も話そうとしなかった。

「申し訳ありません。今、報告に上がるつもりで……」

課長がいつになく緊張した様子で、ハンカチで額の汗を拭きながら言い訳を口にする。

一馬は顔を顰《しか》め、上司のこびへつらう姿から目を逸らした。昇進を望むのは個人の勝手だし、文句を言うつもりはないが、露骨な姿は見ていて気持ちのいいものではない。

課長は被害者が覚醒剤所持の前歴があることや、現在も所持していたことなどを報告している。だが、事件発生から一夜明け、それ以上の進展はなかった。

署長に出てこられても、事件の解決に役立つわけでもない。一馬はもう署長への興味を一切なくしていた。

「先輩、纏めました」

吉見が自分の席から声をかけてくる。

「見せろ」

一馬は立ち上がり、パソコンを広げている吉見のデスクに近づく。

珍しく一馬が朝から署に留まっていたのは、過去の麻薬絡みの事件を調べるためだった。事件の動機として、取引で揉めたというのは大いに考えられるからだ。吉見には不法所持で逮捕されただけでなく、暴力事件まで引き起こした例を抽出させた。

パソコンの操作は吉見のほうが圧倒的に速い。だから、一馬は指示を出すだけで、一覧表にして纏めるまで隣で待っていた。

「どうですか?」

吉見がこのリストで何かわかるかと尋ねてくる。

「他に当てがないんだ。順番に当たってくしかねえだろ」

一馬が答えると、即座に吉見がデータをプリントアウトする。この辺りは指示を待たずにできるのだ。刑事ではなく、会社員なら優秀だったのではないかと思わせる。

「行くぞ」

行動派の一馬は、一時間も椅子に座っていると落ち着かない。早く聞き込みに出かけたくて、吉見が準備するのを待てずに先に歩き出した。

けれど、すぐに足を止めることになる。署長たちがまだドア近くに留まっていたのだ。

「課長、聞き込みに行ってきます」

報告と言うよりは、ドアの前から退《ど》いてほしいという意味を込めて、一馬は言った。

「河東、署長にご挨拶はどうした?」

全く署長を無視したような一馬の態度に、課長が険しい顔で窘める。

「はあ、どうも、おはようございます」

一馬は頭を掻き、仕方がないとばかりに気のない挨拶をした。

「君が河東くんか……」

ほんの僅か一馬より背の高い署長は、体を反らし一馬を見下ろすようにして、値踏みするような視線を向けてくる。

「私は署長の新藤《しんどう》だ」

新藤は雰囲気だけでなく態度まで外国人めいていた。平刑事の一馬に対して、握手のために右手を差し出してくる。

握手をする機会など滅多にないし、美女ならともかく男と手を握り合って楽しいわけでもない。だが、ここで拒否すればまた課長が怒り出すだろう。早く捜査に出かけるためには、穏便に済ませるしかない。一馬は右手を差し出し、握手に応じた。

「ところで、君はかなり勝手な捜査をしているようだね」

手を離してから、新藤は眉を顰めて切り出してきた。いつのまにそんな告げ口をしたのかと、一馬は横目で課長を窺《うかが》うが、横を向いて知らん顔をされる。

「覚醒剤が絡んだ殺人事件となれば、本庁から応援が来ることになるかも知れない。捜査本部を立てることも考えている。そうなったときには、いつものような単独行動は控えてくれたまえよ」

新藤から直々《じきじき》に釘《くぎ》を刺されても、一馬は右から左へと聞き流す。本庁の応援も偉そうに口を出すばかりで役に立たないことが多いし、捜査本部も意味のない意見交換の場になるだけのことがあって、正直、時間の無駄だと思っていた。だから、一馬はこれまでに何度も不参加を決め込み、課長に怒鳴られていた。どうやらそんなことまで新藤は聞かされていたらしい。

「そうならないよう、本庁の偉いさんが来るまでに解決しますよ」

一馬は目処《めど》も立っていないのに嘯き、署長の脇を抜けて、廊下へと足を踏み出した。さすがに追いかけてきてまで説教はされなかった。

早足で外に向かっていた一馬は、階段の手前で足を止める。

「神宮？」

驚いた声を上げたのは、一階から神宮が上がってきたからだ。神宮はいつもの白衣ではなく、スーツ姿で手には書類袋を持っていた。

神宮もまた一馬に気づき、少し歩調を速めて階段を上がってくる。

「お前がここに来るなんて、珍しいんじゃねえの？　っていうか、初めてか」

一馬は記憶を辿ってみるが、署内で神宮の姿を認めたことはないはずだ。

「近くに来たんで、ついでにこいつを届けに来た」

神宮はいつものポーカーフェイスで封筒を差し出してくる。昨日も会っているから、久しぶりではないにしても、もう少し喜んだ顔はできないものかと一瞬、思った。けれど、そんな男なら今の関係にはなっていないだろうと思い直す。

「なんだ、これ？」

軽い口調で尋ねる一馬に、神宮が冷たい視線を向け、これ見よがしの溜息を吐く。

「急ぎだと言ったのはお前じゃなかったか？」

「ああ、はいはい」

一馬はすぐに思い当たる。

「お前に持ってきてもらえるとは思わなかったから、ピンと来なかったんだよ。サンキュー」

待ちかねていた情報が予想以上に早く手に入ったことと、ついでとはいえ、神宮がわざわざ届けてくれたことに気分がよくなり、一馬は満面の笑みを浮かべた。

「調子のいい奴だな」

神宮も釣られたようにほんの僅か口元を緩める。

「で、もう帰んのか？」

「いや、これから大学の研究室に顔を出す」

神宮の言うその研究室はここから車で五分ほどの場所にある。確かに通り道ではあるが、神宮がお遣いのような真似をしたのは、やはり一馬がいるからに違いない。

「出かけるところだったのか？」

「ああ、聞き込みにな」

一馬はそう答え、まだ吉見が来ないことに気づく。署長も刑事課から出てきていないところを見ると、吉見も捕まったのかもしれない。かといってせっかく逃げてきたのに戻りたくはないが、資料は吉見が持っている。

一馬が刑事課の入り口に視線を向けていると、それに応えるようにドアが開いた。が、出てきたのは期待に添わず新藤と副署長のコンビだった。

一馬が舌打ちしたのを神宮は聞き逃さなかった。

「誰だ？」

「あれがお前に教えてもらった新署長だよ」

小声での問いかけに一馬も声を潜めて答える。

そのやりとりは決して聞こえる距離ではなかったのだが、新藤が一馬たちに顔を向けた。署長室は三階にあり、この階段を使って上がるのだから自然の流れではあった。

新藤がまっすぐ一馬たちに近づいてくる。吉見が来ないうちは逃げられず、神宮も帰るタイミングを失ったのか、その場に留まったままでいて、結局、二人して新藤と対面することになった。

「君は？」

新藤は一馬に目もくれず、隣にいる神宮に問いかけた。新藤が署長だとわかっている以上、神宮も無視はできない。

「科捜研の神宮です」

神宮らしい素っ気なさで小さく会釈した。

「署長の新藤だ」

新藤は今度もまた握手を求めた。警察官ではない神宮には、そこまで新藤に気を遣う必要はなく、応じようとはしなかったのだが、新藤は神宮の手を引き、強引に握手を交わす。

「しかし、驚いたな。科捜研のような地味なところに、君みたいな色男がいるなんて」

新藤は感嘆の声を上げ、まだ手を離そうとしない。神宮に興味を持っているのは明らかだ。不躾《ぶしつけ》な視線を向けるのは一馬のときと同じでも、さっきはなかったどこか好色な色が瞳に宿っているように見えた。一馬は不愉快さを隠さず、顔を顰める。

「すみません、手を……」

神宮はやんわりとだが、はっきりと手を離してほしいことを伝える。一馬は心の中でよく言ったと拍手を送る。

「ああ、すまないね」

言葉ほど悪いとは思ってなさそうに新藤は手を離し、

「科捜研といえば、いつもお世話になっているんだ。署長として、一度、挨拶に行ったほうがいいんじゃないかな」

隣にコバンザメのようにひっついていた副署長に意見を求める。キャリアの署長に対して、副署長は完全なイエスマンになっている。考えることもなく、そのとおりだと同意した。

「それじゃ、近いうちに伺《うかが》わせてもらうよ。そのときにまた会おう」

新藤は軽く手を上げ、副署長を従え、階段を上がっていく。仕草の一つ一つが気障《きざ》でかんに障る。

「気障ったらしい野郎だな。お前、すぐに手を洗ったほうがいいぞ」

腹立ち紛《まぎ》れに神宮に言ったのだが、当の本人はもう握手を忘れたように、

「これから聞き込みに行くとか言ってたな?」

神宮が確認を求めてくる。

「ああ。なんだ、ついでに乗せていってほしいのか?」

「そうじゃない。聞き込みはその結果を見てからにしたほうがいい」

「どういう意味だ?」

一馬はそう問いかけながらも封筒から中の結果表を取り出した。この中味を急ぎで見たほうがいいというなら、話を聞きながら目を通せば時間の短縮になる。

神宮も結果表を覗き込みながら、

「過去のデータと照らし合わせてみたら、四年前に押収されたものと全く同じだった」

「なんだと?」

驚く一馬に神宮は冷静にそのことを記した箇所を指さした。

細かい数字の意味はわからなくても、並んだ数字が一致するのは一目瞭然《いちもくりょうぜん》だ。分析を頼んだ一馬に対して、神宮は何を求められているのかを察してくれた。

「サンキュー、ホントに助かった」

神宮がいるのにこの場を離れがたいが、この結果はすぐに知らせなければならない。神宮も自分には構うなというように背中を押してくれた。

一馬は結果表を握り、刑事課へと走り戻る。

「吉見、もう一回、データを呼び出せ」

「どうしたんですか？」

未《いま》だに出かける支度中だったらしい吉見は、靴を履き替えていた手を止めた。

「こいつを呼び出せ」

一馬は吉見に結果表を渡し、課長のデスクへと向かう。一馬の態度は何かあったと思わせるに充分で、これから捜査に出向くところだった長谷川も近づいてくる。

「若山の部屋で発見した覚醒剤が、四年前に押収されたものと全く同じでした」

一馬の報告に刑事課が色めきたつ。

「先輩、出ました」

運動神経はなくてもパソコンの操作は速い吉見が、当時のデータを呼び出した。全員が吉見のデスクの周りに集まる。

「西新宿署の事件だな」

課長がパソコンの画面を見ながら言った。

四年前、西新宿署が傷害事件を起こした暴力団事務所の家宅捜索を行った。そのとき事務所に五キロもの覚醒剤が保管されていたのを発見し、押収したというわけだ。

「あのときは捌《さば》く前だったという話じゃなかったか？」

課長の問いかけに当時の記憶が残っていた長谷川が答える。

「そうです。だから小分けされる前の状態で、スーツケースに入っていたと聞いてます」

大がかりな摘発は、自慢もあって話が回るから、その所轄に親しい友人がいなくても、知っている警察官は多い。

「まだ同じものが残ってたってことか？」

「仕入れ先は中国でしたよね」

周りが話を進める中、一馬は黙ってただ画面を見つめていた。一馬の脳裏にはある噂が浮かんでいて、それが口を開かせることを拒《こば》んでいた。

「先輩？」

いつになく寡黙《かもく》な一馬を吉見が不思議そうに呼びかける。その声で課長たちも一馬が黙っていることに気づいた。

「どうした、河東。何か考えでもあるのか？」

「噂、聞いたことないっすか？」

一馬は課長の問いかけに質問で返した。

「どんな噂だ？」

「押収品が横流しされてるっていう噂ですよ」

一馬の物騒な答えに、課内は一瞬にして静まりかえる。

一馬が最初にその噂を耳にしたのは一ヵ月前のことだ。それからあくまでも噂だと前置きをされて、何度か別々の刑事から話を聞かされた。実際にそんなことがあれば大事《おおごと》だ。マスコミに知られずに内々で処理するのも難しいだろうから、未だに表立っていないということは、噂の域を出ていないことに他ならない。だが、一馬はずっとそれが引っかかっていたのだ。

「滅多なことを言うもんじゃない」

課長は周囲を気にするように首を巡らした。

「そんな噂に振り回されてどうする。質の悪い噂だ」

「課長も知ってたんすね」

一馬の指摘に課長は言葉に詰まる。おそらく皆がその噂を耳にしたことはあったのだ。だが、言い出せなかったのは、臭い物には蓋《ふた》をという保身からに違いない。それも警察という閉鎖的な社会の中で長く生きていく、一つの術《すべ》だった。

「まずは大沢《おおさわ》組を当たれ。奴らが仕入れたヤクなんだ」

「そうっすね」

一馬はこの場はおとなしく引き下がった。課長の言い分も正しい。まだ四年前の押収品と成分が一致しただけなのだ。

「ってことで、聞き込みに行ってきますよ」

「どこへだ？」

「大沢組に決まってんでしょ」

課長に背中を向けて答え、一馬は刑事課を後にする。

「先輩、待ってください」

吉見は今度こそ遅れなかった。一馬の後ろを早足でついてくる。

「あの、噂って……」

「黙ってろ」

一馬は一喝して、歩くスピードを速めた。署の廊下では人の耳が多すぎる。一馬の険しい雰囲気を察して、吉見はそれ以上の質問をしてこなかった。

駐車場に着き、一馬は何も言わずに運転席に乗り込んだ。行き先を指示するのも、道案内する気分にもなれなかった。

「前は交通課だったな？」

車が走り出してから、一馬は吉見に問いかける。

「そうです。赤坂中央署の」

「新人で交通課勤務じゃ、噂は回らなかったのかもな。さっきの、聞いたことなかったんだろ？」

一馬の質問に吉見は真剣な顔で頷く。

「もっとも俺だって、詳しく知ってるわけじゃない。どこの署でっていう具体的な話も出てねえしな」

「本当なんでしょうか？」

「さあな」

警察官として、本当であってほしくはない。だが、過去に同じような事件があったことも事実だ。それに疑わしいことがあるからこそ、噂も立つのだ。

「身内を疑うのはあらゆる可能性がゼロになってからだ」

一馬はそれを願って車を走らせた。


大沢組での聞き込みは、一馬の望みを叶えてはくれなかった。大沢組は今はもう跡形もなくなっていて、当時の組員を捜し出して聞き込みをしたのだが、結果は芳《かんば》しくなかった。

同じ覚醒剤があるかもしれないが、ないかもしれない。そんな答えだったのだ。取引相手は大沢組だけだと、中国人たちは言っていたらしいが、信用できたものではない。大沢組にしても、自分たちが必要な分を回してくれるのならそれでよかったから、言葉の裏付けを取ったりはしなかったのだろう。

服役中の組長まで訪ねたが、有益な情報は得られず、一馬は帰りの車内で次に打つ手を考えていた。

本当は当時の押収品がどうなっているのかを調べたかった。当時そのままにきちんと保管されているのなら、心おきなく他を調べられる。けれど、同じ所轄でも上司の許可なく確認できないのに、所轄が違うとなれば、一馬一人の力では無理だ。課長はまず今の段階では動かないだろう。

なかなか車をスタートさせない一馬に、助手席の吉見は何も言ってこない。それをいいことに一馬はシートに背中を預け、考えに耽《ふけ》っていた。

そこへ携帯電話の呼び出し音が静かだった車内に響く。一馬のものではなかった。思考を中断されたことで、持ち主の吉見を睨《にら》みつけるが、当の吉見は気にした様子もなく応対に出た。

「潤です。さっきはすみませんでした、おじさん」

吉見の応答で明らかに署からのものではないとわかり、さらには、「おじさん」と口にしたことで、一馬はぎょっとして吉見に注目する。おじさんが叔父さんの意味なら、相手は警視庁副総監だということになる。

「それで、わかりましたか?」

一馬が聞き耳を立てる横で、吉見が何やら副総監に問いかけている。相手の声までは聞こえないが、どうやら吉見が少し前に副総監に頼み事をしていたらしいとわかった。

「はい……、ありがとうございました」

吉見がチラリと一馬を横目で見てから電話を切った。

「なんだ？」

待っているのは性に合わない。吉見が一馬に言いたいことがあるのは、今の態度で明らかなのだから、強い口調で問いつめる。

「叔父に頼んで、西新宿署の押収品を調べてもらいました」

「お前……」

一馬は言葉を詰まらせる。電話の相手が叔父だとわかったときから、もしかしたらと予想はしていたが、実際に吉見が勝手に連絡するとも思えなかったのだ。

そして、さらに続く言葉が一馬にのしかかった。

「約五百グラムが減っていたそうです」

一馬はハンドルに額をつけ、顔を伏せた。横流しが噂ではなく、現実となった。可能性があることはわかっていても、ショックだった。自分勝手な捜査をしているし、どの刑事よりも有能だと驕ったところもある。それでも、他の警察官を馬鹿にしていないし、共に犯罪をなくそうと最善を尽くす同志だと思っていた。

「大丈夫ですか？」

なかなか顔を上げない一馬を、吉見が心配したように問いかけてくる。けれど、一馬は答えなかった。こんな気持ちのままで運転もできなければ、まだ冷静に考えるのも無理だ。

「先輩も疑ってたんじゃなかったんですか？」

沈黙に耐えきれないのか、吉見が質問を繰り出してくる。

「噂になるのはそれなりに根拠があっての……」

「疑いたくなかったから、可能性を潰《つぶ》していってたんだ」

一馬は吉見の言葉を強い口調で遮った。そして、ようやく顔を上げた。

吉見でも役に立つことがある。そばに誰かいること、人目があることが一馬を落ち着かせ、冷静さを取り戻させた。

いつまでもショックを受けていても始まらない。身内に犯罪者がいるなら、なおさら早く捕まえる必要がある。

「西新宿署か……」

一馬は小さく呟く。押収品が着服されているのはわかったが、それがいったいいつのことなのかまでは不明だ。過去四年間、西新宿署に勤務していた人間を全て洗い出すには時間がかかりすぎる。

「先輩、これを使ってください」

吉見はそう言って、おもむろに上着の内ポケットから、折りたたんだ一枚の紙を取りだした。

「なんだ、これ？」

「四年前から今日までで、西新宿署にいて保管庫を開けることができた人のリストです」

一馬は唖然《あぜん》として、リストと吉見の顔を見比べた。警察官の配属履歴はデータで残されている。それだけなら、誰でもリストを作るのは不可能ではないが、署員を限定できるのは、所轄が違えば無理のはずだ。

「きっと先輩は一人ででも捜査するはずだと思って、これも事前に頼んでおいたんです」

誰にかは確かめなくてもわかる。ただいくら甥《おい》の頼みとはいえ、副総監ともあろうものが、簡単に職権を乱用したりするだろうか。

「お前、叔父さんに俺のことを話したか？」

「はい、もちろん」

吉見は妙に自信たっぷりに頷き、

「すごく尊敬できるカッコイイ先輩がいるって」

「馬鹿か、お前は」

一馬は頭を抱える。カッコイイは当然としても、キャリアの吉見が平刑事の一馬を尊敬してどうするのだ。

「でも、叔父もそんな先輩がいるなら、任せられるって情報を流してくれたんです」

「それがこのリストか……」

一馬は改めてリストに目を通した。保管庫の鍵を手にできる人間は限られているし、正当な理由なく、保管庫に立ち入ることはできないから、リストには二十人弱の名前しかなかった。これなら一人一人当たっていくのも難しくない。

「この新藤ってのは、うちの署長か?」

一馬は目に付いた名前を吉見に確認する。リストのトップに新藤博嗣《しんどうひろつぐ》という名前があった。ただ一馬はフルネームを知らないから、新藤本人かどうかわからない。

「署長です。四年前は総務課長として西新宿署にいたみたいですね」

「ってことは、奴も容疑者の可能性があるってわけだ」

「でも、署長ですよ?」

「そんなもん、関係あるか」

一馬は力強く宣言した。仲間である警察官を疑う以上、相手が誰であれ、遠慮をするつもりはない。

「やっと先輩らしくなってきた」

「生意気言ってんじゃねえ。行くぞ」

嬉しそうに笑う吉見を一喝して、一馬は車を走らせた。


今回に限り、勝手な単独捜査ではなく、二人での極秘捜査となった。署長の新藤をも調べるなどと言い出せば、課長の反対に遭うのは目に見えているからだ。

昨日から今日まででまだ四人しか調べられていない。それも一馬の直感に頼っている部分が大きかった。徹底的に調査するには吉見と二人だけではどうしても人手が足りないからだ。それでも一馬は刑事としての自分の勘を信じていた。

「課長に何をこそこそやってるんだって聞かれちゃいました」

助手席にいる吉見が苦笑いで報告してくる。

「ちゃんと誤魔化したんだろうな?」

「誤魔化しましたよ。トイレって言って逃げたんですから」

「それは誤魔化せてねえだろ」

一馬はクッと喉を鳴らして笑う。吉見には面倒な報告書の作成を任せ、一馬自身は昨日から署に顔を出していない。どうせ課長に小言を言われるのは目に見えているのだ。キャリアの吉見なら、課長もそうひどくは叱責しないだろう。

もう夕方を過ぎていたが、これから引き続き五人目の捜査をするつもりでいた。そのために署にいた吉見をピックアップしたのだ。

だが、予定は一馬の携帯電話が鳴り響いたことで変わった。かけてきたのはホームレスの老人だった。差し入れした煙草の箱に、電話代として小銭を仕込んでいるから、それを使ってかけてきたのだ。老人は仲間が犯行現場付近で珍しいものを拾ったことを聞きつけた。知りたければすぐに来いとの電話だった。

「降りろ」

一馬は無情にも吉見を追い立てた。

「今の電話って？」

「俺のネタ元からだ。いくら同僚でもこれは教えられない」

「わかりました」

一馬の真剣な口調に吉見は引き下がり、素直に車を降りた。一馬はすぐさま車を走らせる。この時間ならもう寝床に戻っているはずだ。まっすぐあの橋のたもとへと向かった。

わざわざ知らせてくるくらいだ。よほど珍しいものだったのだろう。事件との関係性はわからなくても、何の進展もない現状だけに気が逸《はや》る。

情報提供の礼には煙草だけでなく、酒もプラスする。焼酎《しょうちゅう》の瓶を片手に駆けつけた一馬を、老人たちは喜んで出迎えてくれた。

「で、何を見つけたんだって？」

「こいつだ」

老人が差し出したのは、銀色に輝くライターだった。もう彼らの指紋が充分についているが、それでもこれ以上は消さないよう、ハンカチで受け取ると、ずしりと重みがある。

「事件のあった日の早朝にこいつを見つけたらしい。死体が発見される前だな」

「結構、高そうじゃん」

一馬は手の中のライターを見定める。細工の細かさが見るからに高級感を漂わせている。一馬自身は煙草を吸わないから、ライターにも関心がないが、どこかのブランドもののようだ。被害者の若山は喫煙者だったが、アパートにあったのは百円ライターだった。河原にこんな高価そうなライターが落ちていた。一馬には事件と無関係には思えなかった。まずはこのライターが本当に価値があるのかどうか。それくらい調べてみてもいいだろう。

一馬は老人に礼を言って、その場を立ち去った。

ブランドものだとしたら、詳しいのは誰か。咄嗟《とっさ》に思い浮かんだのは、神宮の顔だった。神宮は一馬と違い、身につけているものはそれなりに高価なものだし、財布は一馬でも知っているブランドのものだった。

署に戻ればブランド好きの婦警がたくさんいるから、話を聞くことはできる。それでも科捜研に向けて車を走らせてしまうのは、結局、口実にして神宮に会いたいだけだ。

通い慣れた科捜研の駐車場に車を停めた一馬は、正面玄関から出てくる人影に目を留めた。

「今のって……」

一馬は小さく呟き、車から降りずにその男が門を出て行くのを見送った。通りに停まっていたタクシーを待たせていたらしく、そのまま乗り込み走り去っていく。

建物から漏れる明かりと門灯、それに月明かりが男の姿を浮き上がらせていた。新藤博嗣、一馬がこれから捜査しようとしている対象だ。

　そう言えば、新藤が署で神宮と顔を合わせたとき、科捜研に挨拶に行きたいと言っていたことを思い出す。神宮に興味津々な態度でだ。

　一馬は車を降り、早足で神宮のいる部屋へと急いだ。

「おい、神宮」

　ドアを開けると同時に呼びかけた一馬に、椅子に座っていた神宮は呆れた顔で見上げてくる。

「他に誰かいるとは考えないのか？」

「もう九時だろ。だったら、お前だけじゃねえか。それより」

　一馬は神宮の問いには簡単に答えただけで済ませると、

「今、ここに署長が来てなかったか？」

「ああ。帰ったばかりだ」

　神宮は興味なさげにあっさりと認める。

「例の挨拶とか言ってた？」

「いや、近くを通りかかっただけだと言ってた」

　確かに新藤は一人だった。正式な挨拶なら誰かを引き連れてきているだろうし、そもそもこんな遅くに来るはずもない。だが、通りがかりで立ち寄るほどの関係もないのだ。

　一馬は疑いの視線を向ける。

「ホントにそれだけか？　あの男、やたらお前に興味津々だったよな？」

「気づいてたのか？」

神宮が意外そうに問い返すことで、一馬の疑問を肯定した。男が男に口説かれるということもあると、神宮と付き合う前なら気づかなかっただろうが、今は違う。

「誰でも気づくだろ。あいつ、ゲイなのか？」

一馬は神宮に尋ねる。ゲイ同士ならわかると前に言われたから。

「ああ。本人も認めてた」

予想外の答えに一馬は、一瞬、言葉が出なかった。キャリアの新藤がゲイであることを公にして、何かメリットがあるのか。そもそも何故そんな話になるのか。疑問が顔に出ていたのだろう。一馬が何か言い出す前に神宮が説明を始める。

「自分で言い出したんだ。君もゲイだろう、私と付き合わないかってな」

「なんだって？」

一馬は顔を顰め、神宮に詰め寄る。

「心配するな。はっきりと断った。同じタイプなんで無理だとな」

「同じタイプってことは、あいつも抱くほうってことか」

自分よりも体格のいい新藤を思い浮かべ、一馬は納得する。

「けど、気をつけろよ。お前がその気にならなくても、あいつはガタイもいいし、権力も持ってる。どんな手を使ってくるかわかんねえぞ」

　新藤も容疑者の可能性があるという思いが、一馬にそう言わせていた。だが、それは神宮も知らないことだ。

「たかが警察署の署長じゃないか。それにあの男の権力を気にしなければならないのは、俺じゃなくてお前だろう」

「そんなの気にして捜査ができるかっての」

　一馬は嘯き、声を上げて笑い飛ばす。

「で、捜査で忙しいお前が、今日は何をしに来たんだ？」

「ああ、そうだった。コレがどこのものか、お前なら知ってんじゃねえかと思ってさ」

　そう言って、一馬は小さなビニール袋に入れたライターを差し出した。

「科捜研の仕事じゃないだろう。それに俺は煙草は吸わないんだがな」

　神宮は文句を言いつつもライターを受け取り、じっくりと眺める。

「なんだ、ここにちゃんとブランド名が書いてあるじゃないか」

「だから、見たってわかんねえから聞いてんだろ」

　偉そうに答える一馬に、神宮は呆れた溜息を一つ吐いてから、あるブランド名を口にした。

　やはり一馬の知らない名前だった。

「確か、キーホルダーでも数万円したはずだから、これだと十万以上はするんじゃないか？」

「こんなもんで？」

たかがライター、そんな思いが一馬の声にはこもっていた。

「このブランドはあまり日本人には馴染みがないから、そう数は出てないかもしれないな」

「サンキュー、助かった」

あまり出回っていないものだと聞き、一馬の意欲は上がる。今日は遅いが、明日の朝一番には直営店に出向くことを決めた。

「今日は一人なんだな」

神宮が一馬の後ろを気にするように言った。前回、ここを訪ねてきたときには邪魔者がついていた。今日は追いかけてこないのかと気にしているようだ。

「吉見か。置き去りにしてきたに決まってんだろ」

一馬は得意げに答え、ニヤリと笑う。途中で置き去りにした吉見を、科捜研に来るためにわざわざ呼び寄せる理由などどこにもなかった。顔が見られるだけでなく、もしかしたら二人きりになれるかも知れないチャンスなのだ。

事件に追われていると、プライベートで会う時間が全くなくなる。だから、科捜研で神宮が残業をしていてくれるのはありがたい。仕事中にマンションを訪ねていくのは無理でも、用さえできれば、科捜研には訪ねてこられる。

「でも、お前も毎日毎日、遅くまで残ってるよな？　他の奴らは帰ってんのに……」

一馬の指摘に、神宮はやれやれと肩を竦める。

「なんだよ、その態度は」

「お前がいつもいつも遅い時間に訪ねてくるからだろう」

「俺のせい？」

「わかってて来てたんじゃなかったのか？」

「いや、まあ、そうなんだけどさ」

いつも神宮がいるのを当たり前に思っていた。神宮の性分で、その日のうちにできる仕事を明日に残しておくのが嫌だというのも、以前に聞いたことがある。だが、そこに一馬がいつ訪ねてきてもいいようにという意味もあったのだと、改めて気づかされた。

「なんだよ、そんなに俺に会いたいって？」

照れくさいのを軽口で誤魔化すと、今度は神宮が思わせぶりな笑みを浮かべる。

「会わない限り、こういうこともできないからな」

スッと手を伸ばしてきた神宮が触れたのは、一馬の中心だ。

「お前な……」

「溜まってるんじゃないのか？」

「そりゃ、まあ……」

口ごもりつつも一馬は事実を認める。神宮としたのはもう二週間以上も前で、それから今日まで忙しさにかまけ、自分ですることもなかった。

「口でしてやろうか?」

魅惑的な誘いに喉がゴクリと音を立てる。

「……マジで?」

気持ち的にはすっかり傾いていても、ここは神宮の職場で、他の部屋には誰か残っているかも知れないと思うとすぐには頷けない。

「無理にとは言わないが、ここはその気のようだぞ」

神宮がスラックスの上から柔らかく中心を揉み始める。期待から来る興奮が、既に形を少し変えさせていた。

「まさか。せっかくのありがたい誘いだ。是非ともお願いしよう」

ふざけて頭を下げるが、本心だ。一馬はそれを証明するため、自らベルトを外し、ファスナーを下ろす。

室内灯が明るく照らす中で、神宮によって昂ぶり始めた自身を外に引き出される。一馬も神宮もドアに鍵をかけなかった。いつ誰が入ってきてもおかしくない状況が、一馬を余計に興奮させた。

「元気だな」

軽く揶揄《やゆ》した神宮は、椅子から降りて中心に顔を近づけてきた。

「……っ……」

一馬は息を詰め、神宮の髪に指を絡め、久しぶりの感触を味わう。男としてのプライドで、簡単には達したくなかった。それに久しぶりだからこそ、じっくりと感じたいのもあった。

神宮の口中で一馬が大きさを増していく。唇が舌が歯が、一馬を追いつめていく。

「おい……、神宮っ」

限界が近くなってきた。そのせいで神宮の髪に絡めた指に力が籠もったらしい。神宮が顔を顰めて上目遣いで一馬を見上げた。

男のものを銜《くわ》えて見上げる神宮の姿が、視覚でも一馬を煽る。

「出すぞっ……」

宣言をしたのは口の中で出さないためだったのに、神宮はなおさら喉の奥に引き込み、最後の瞬間を促した。

一馬は低く呻《うめ》いて、結局は神宮の口中へと解きはなってしまった。いつもならもう少し時間をかけるのに、やはり神宮も誰が来るかもわからない状況で、急《せ》いていたのだろう。

顔を上げた神宮は、一馬の見ている前で喉を鳴らして口の中のものを飲み込んだ。

「よく飲めるよな、そんなもん」

一馬は乱れたスラックスを直しながら、半ば感心したように言った。

「夜食代わりだ」

「品のねえ冗談だなあ、おい」

一馬は苦笑した後で、神宮が何もしていないことに気づく。

「お前はいいのか?」

「俺はお前ほど早くないんでな。また次の機会の楽しみにしておく」

神宮のからかいに軽く舌打ちしつつも、実際、早かったのだから反論できない。

「それじゃ、その次の機会を作るために、とっとと片づけに行ってくるか」

顔を見ただけでなく、思いがけずすっきりとまでさせてもらい、体が軽くなった。一馬は満足の笑みを漏らし、科捜研を後にした。

4

翌日から、一馬《かずま》は早速、ライターの購入者を調べ始めた。神宮《じんぐう》の言ったとおり、日本に店舗は東京と大阪の二店だけで、東京だけに限定すれば、購入者は百人もいなかった。店に協力を求めても、全員の名前を控えているわけではない。わかるのは顔を知っている得意客とカード購入者だけだ。結果、一馬が調べられるのは五十人弱にまで減った。

「さてと、片っ端から当たっていくか」

手に入れたばかりのリストを見て、一馬が呟《つぶや》いた瞬間だった。

「こいつは署長じゃねえか……」

一覧表の中には昨日も目にした、新藤博嗣《しんどうひろつぐ》という名前があった。同姓同名の可能性がないわけではないが、事件の関係者を洗っている中ではそうそうあることではない。

住所は渋谷区になっている。新藤本人かどうか確認するには、新藤の住所を調べればわかることだ。ためらうよりも行動。一馬は自分の信念どおり、すぐさま携帯電話を取りだし、吉見《よしみ》に電話をかける。昨日、途中で置き去りにしてそのままだ。今日も一馬は署に立ち寄らずに捜査を続けているから、吉見には会っていない。きっと署に出ているのだろうが、刑事課に電話をすれば課長にばれる。だから、吉見の携帯電話を呼び出した。

『せんぱーい、どこにいるんですか？』

すぐに応対に出た吉見は、情けない声で呼びかけてくる。

「捜査中」

『俺も連れて行ってくださいよ』

「そのうちな。それより、署長の住所、すぐに調べられないか？」

『できますけど……』

吉見の声が一際小さくなる。おそらく周りに誰《だれ》かいるのだろう。

「調べたらかけ直してくれ」

一馬は手短に用件を伝え、電話を切った。長話などしていては、課長に気づかれかねないからだ。署長の新藤を捜査しようとしていることを知られては、どんな横やりが入るか知れない。それを警戒していた。

一馬の新藤に対する疑いは強まっていた。だが、同時にまさかという思いも強い。キャリアとしてエリートコースを歩む新藤が、横流しに荷担する理由が想像できないのだ。住所から見れば、住まいは高級住宅街にある。金に困っているとも考えづらい。

思考を遮るように携帯電話が着信音を響かせる。

『署長の住所がわかりました』

吉見の返事は、手元にあるリストと同じだった。現場に落ちていたライターと同じものを新藤も購入していた。今もまだ持っているのか、そもそも誰かへのプレゼントだった可能性もある。それをどうやって確かめるかだ。

『これから署長を調べるんですか？』

「お前、どこにいるんだ？」

刑事課内で物騒なことを口走られてはまずいと、一馬は質問には答えずに問い返す。

『大丈夫です。外に出ました』

「ならいい。署長だけ特別扱いはできないだろ」

吉見にはライターの話はまだするつもりはなかった。相手が署長だ。いくら吉見が副総監を叔父に持つ身でも、迂闊《うかつ》な行動は吉見の経歴に傷を付けかねない。一生平の刑事で充分だと考えている一馬とは立場が違うのだ。

『署長の詳しい資料、必要じゃないですか？』

「必要だが、お前は何もしなくて……」

『これくらいさせてください』

吉見が初めて聞くような強い口調で一馬を遮る。

『先輩から見れば頼りないでしょうけど、俺も刑事です。捜査がしたいんです』

「お前……」

吉見の口からそんな言葉が聞けるとは思ってもみなかった。一生懸命なのはわかっていたが、それはいずれ警察庁に戻るための経験を積む作業だからだと、自分とは違う人種だと決めつけていた。

『わかったことはメールで送ります。先輩もあまり無茶はしないでくださいね』

「わかってるよ」

吉見に諭され、一馬は苦笑して電話を切った。それから新宿に向けて車を走らせた。

新藤がかつて勤務していた西新宿署には、顔見知りの警察官がいる。そいつから新藤の情報を少しでも仕入れておきたかった。紙の上の情報だけでなく、実際に接したことのある人間からの印象を知りたかったのだ。一馬自身はたったの一度しか会ったことがなく、嫌な奴《やつ》だと思っただけだった。

一馬の目の前に交番が見えてきた。西新宿署管内のこの交番に、一馬のかつての後輩、掛井《かけい》が勤務している。

「掛井」

一馬は車の窓を開け、交番前に立っていた掛井に呼びかけた。

「河東《かわとう》先輩、どうしたんですか？」

決して色男とは呼べない容姿ながら、人のいい笑顔で掛井は近づいてくる。

「ちょっと聞きたいことがあるんだけどさ、お前、休憩は？」

「大丈夫です。ちょっと代わってもらいますから」

掛井は一度、奥に引っ込むと、すぐに別の警察官を連れて戻ってきた。一馬には見覚えがなかったが、年は四十代後半くらいに見えるから先輩だ。一馬が小さく頭を下げると、向こうも掛井から何か言われていたのだろう、同じように頭を下げ返してきた。

落ち着いて話をするためには、外よりも車内のほうがいい。一馬は掛井に助手席に乗るように勧めた。

「お前、西新宿署でどれくらいになる?」

「五年です」

「だったら、新藤警視を知ってるな?」

「え、ええ」

唐突に出された名前に戸惑った様子を見せながらも、掛井は頷《うなず》く。

「今、うちの署長をやってんだけど、どんな男だ?」

「どんなって言われても、個人的に話したことなんて一度もないし……」

掛井は首を傾《かし》げながらも、何かないかと思いめぐらしているようだ。

「煙草《たばこ》は吸うのか?」

「えっと、ああ、吸ってました。食堂で吸ってるところを見たことがあります」

新藤が非喫煙者なら、ライターを購入したのは自分のためでないことになるが、これなら自分のために買った可能性が高くなる。

「あ、それで思い出しました。なんとかっていうブランドが好きらしくて、鞄《かばん》も財布も全部、そこので揃《そろ》えてるのが凄《すご》いって騒がれてましたよ。なんだっけなぁ」

掛井がブランド名を思い出そうとしている。一馬は名をあげ手助けした。

「そう、それです。先輩、よく知ってましたね。ブランドものに興味なんてなさそうなのに」

「知り合いが持っててな」

一馬は曖昧《あいまい》な返事で誤魔化すと、さらなる情報を求めた。

「で、趣味とかは?」

「趣味かどうかはわかりませんけど、スポーツクラブに通ってるって話は聞きました」

直接、話したことのない掛井なら、これでもよく知っているほうだろう。なけなしの記憶を引き出しているのが、一馬にも伝わってくる。

「仕事中に悪かったな」

「それはかまいませんけど、でも、なんで調べてるんですか?」

「いけすかない野郎だから、弱みでも握れないかと思ってさ」

一馬の冗談に掛井が噴き出す。

「また無茶してるんでしょう?」

「早速、釘《くぎ》を刺されたっての」

掛井は声を上げて笑い、

「ほどほどにしてくださいよ。先輩がクビにでもなったら、寂しいですから」

「じゃ、そうならないよう祈っててくれ」

一馬はそう言って掛井と別れ、再び車を走らせ始める。

新藤が煙草を吸うことはわかった。問題は今もあのライターを使っているかどうかだ。リストによると購入したのは半年前だから、通常なら持っているはずだ。身近な人間から聞き出せれば早いのだが、捜査していることを知られるわけにはいかないから難しい。

どのみち今日の夜は新藤を尾行するつもりでいた。食事にでも行けば、そこで煙草を吸う機会もあるだろう。そのときまで待つしかない。

今後の捜査方針に考えを巡らせていると、携帯電話がメールの着信音を響かせた。一馬は車を歩道に寄せて停め、確認をする。急いだのは吉見からかもしれないと思ったからだ。

メールには、予想どおり、吉見がこの短時間で調べた新藤の情報が記されていた。

新藤は小学校から大学まで、エスカレーター式の名門校に通っていた。四十三歳で独身。結婚経験もないのは、ゲイだから当然だろう。兄弟はなく、父親は元法務省の官僚で、退職後は母親と共に田舎暮らしをしていて、現在、渋谷にある実家は新藤の一人住まいだ。

情報は以上だった。引き続き、何かわかれば知らせると締めくくられている。

新藤が勤務を終えるまでは怪しい行動など取りようもないのだから、尾行の必要はない。それまでの時間、交友関係を調べてみるのもいいだろう。せっかくの情報だ。大学時代の同級生から当たっていこう。一馬はそう決めた。

その夜は尾行を後回しにするほどの急展開があった。昼からの聞き込みの結果、元恋人らしき男の存在が浮かんできたのだ。

ラッキーだったとしか言えない。最初に話を聞いた同級生が今も付き合いのある男だったのだ。その男は新藤がゲイだとは知らなかったが、数年前に街で偶然見かけたときに、いかにもホスト風の男と一緒にいたことを覚えていた。不似合いに見えたから、後日、どういう関係かを尋ねたのだが、仕事で知り合っただけだとはぐらかされたらしい。

東京中のホストクラブを調べるのでは、到底、一馬一人では無理だが、見かけた場所が新宿だというから、一馬は新藤の写真を持って、片っ端から店を当たった。

丸二日かかったが、新藤が客として来たことのある店を見つけることができた。新藤は一人ではなく、たびたび違う女性を連れて来ては、いつも同じホストを指名していたという。よほどの親しい関係にしか思えない。一馬はそのホストを呼んでほしいと言ったが、四年近く前に辞《や》めていた。

携帯番号を含め、当時の連絡先を聞き、店を後にしたのだが、一馬の強運はまだ終わらなかった。そのホストは自宅マンションこそ引っ越していたものの、教えられた携帯番号はそのままだったのだ。

『誰？』

見慣れぬ番号からの電話に対して、レイジという源氏名だった男の第一声がそれだった。

「新藤さんって知ってる？」

一馬は警察だとは名乗らず、あえてくだけた口調で問いかけた。警戒され、電話を切られてしまっては糸が切れてしまう。

『何？　昔話は好きじゃないんだけど』

レイジは知らないとも言わなければ、考える素振りさえ見せなかった。新藤がただの客ではなかった証拠だ。

「そう言わずにさ。ちょっとだけ話を聞かせてくれよ」

『話ねえ』

気のない返事には張りがなかった。一馬より若いくらいの声なのに、力が籠《こ》もっていないのだ。

「それなりに礼はさせてもらうし」

『いいよ。どうせ暇だから』

謝礼に目が眩《くら》んだのか、それとも本当に暇つぶしだと考えたのかはわからないが、驚くほど呆気《あっけ》なく、会う約束が取り付けられた。

一馬はこれまでの経過を誰にも話していない。課長はもちろん、定期的に電話をかけてくる吉見にも教えなかった。伝えるのははっきりとした証拠を摑《つか》んでからでいい。新藤が犯人でなければ、余計な心労を与えるだけだ。

レイジが店を辞めたのは四年前。紛失した覚醒《かくせい》剤が押収された時期と一致する。やはりそこに何かがあった可能性は高い。

午後八時を過ぎ、一馬は指定されたマンションにやってきた。レイジが今、何をしているのかはわからないが、もうホストではなさそうだと、相当古びたこの建物を見て思った。四年前はホストとしてかなり稼いでいて羽振りもよかったらしい。

三階の角部屋。表札も出ていない部屋のインターホンを押した。

「電話の人？」

「ああ。突然、悪いな」

「いいよ。暇だし」

こう答えるということは、応対に出てきたこの男がレイジなのだろう。人気ホストだけあって、顔立ちは悪くなかった。ただ、荒《すさ》んだ生活をしているのか、肌は荒れ、顔色も悪く、電話の声と同様に生気が感じられない。

「ま、入ってよ」

レイジに促され、一馬は狭い部屋の中へと進んでいく。１Ｋの間取りしかなく、ベッドとテーブルを置いた六畳の洋室には、男二人が向かい合って座るスペースがない。

「新藤とはいつ別れたんだ?」

一馬は立ったままでレイジに問いかけた。

「さあ、いつだったかな」

ベッドに腰掛けたレイジは、そう答えることで新藤との関係を肯定した。

「ホストをやってた頃《ころ》は付き合ってたんだろう?」

「ああ、そうだ。別れた後にホストを辞めたから、もう四年になるよ」

「別れた理由は?」

立て続けの質問に、レイジはようやく訝《いぶか》しげな表情を見せた。

「あいつ、何かした?」

「心当たりでもあるのか?」

一馬が質問に質問で答えると、レイジはフッと自嘲《じちょう》気味の笑みを漏らした。

「あんたさ、警察関係の人だろ」

「よくわかったな」

一馬は否定しなかった。レイジが警察に対する偏見や嫌悪を窺《うかが》わせれば誤魔化すつもりだったが、レイジからは何も感じられなかった。ただ確かめたいだけで、関心などなさそうに見えたのだ。

「わかるよ。そんなおっかない目をしてんのは、ヤクザじゃなきゃ、警察だからね」

決めつけたように言われても、一馬は苦笑するだけしかしなかった。

「別れた理由だっけ？　金の切れ目が縁の切れ目ってところかな」

「どっちの？」

「面白いこと言うね」

レイジが打ち解けた様子を見せ始める。一般的な刑事にはない型破りなところが、レイジのように社会からはみ出たタイプの人間には受けたようだ。

「お前も当時は稼いでたんだろ？　あいつも金は持ってるみたいだし」

「持ってたっていっても、有り余ってるわけじゃない。貢《みつ》いだことも貢がれたこともなかったよ」

この言い方からすると、愛人というわけではなかったのかもしれない。かといって、普通の恋人同士だったようにも思えない。一馬が疑問を感じているのがわかったのか、

「ただのセフレの一人。それでも三年くらい付き合ってたかな」

「じゃ、金で縁が切れたってのは？」

「俺が金に困って、貸してくれって言ったから」

レイジはそれから困っていた理由まで話してくれた。四年前、交通事故を起こし、ヤクザ者の車にぶつけてしまった。示談金として多額の治療費と修理費を請求され、派手な暮らしをしていたせいで稼いでいても貯金はなく、支払いきれなかった。そこで新藤に借金を申し込んだ

のだが、躊躇《ちゅうちょ》なく断られたのだという。

「そんな関係じゃない、だってさ。それで別れたってわけ」

「それっきり会ってないのか？」

一馬の問いにレイジは頷いてから、

「怒って電話はかけてきたけどね」

「怒って？」

「俺があいつのことをヤクザに教えたのがばれたんだよ」

当時のことを思い出したように、レイジは皮肉な表情をしてみせた。

「俺には警察のお偉いさんがついてるんだって言って、あいつの名前を出したんだ」

「ヤクザが引くと思って？」

「そういうこと」

だが、ヤクザたちは引くどころか、新藤にも矛先を向けた。レイジは金の絡んだ別れ話に腹を立て、関係をばらしてしまった。ヤクザにとっては格好の脅しのネタだ。警察庁キャリアがゲイであることは、庁内での出世に大きく響く。

「でも、お前への請求がなくなったわけじゃないだろう？」

「さすが。ヤクザのことをよくわかってる。だから、今、こんなになってんじゃん」

レイジは自分のことは語りたがらなかった。今の荒《すさ》んだ生活に至るまでには、相当の辛い事情があるようだ。

レイジはその後、新藤がどうなったのかを知らなかった。かかってきた電話も無視して、それっきりになったということだった。

ますます新藤への疑いが強くなる。一馬は複雑な思いでレイジのマンションを後にした。

四年前、西新宿署が大量の覚醒剤を押収した。レイジを脅したヤクザたちは、当然、その事件を知っていたはずだ。

署内に大量の覚醒剤が眠っている。その署に勤務する警察官を脅せるネタを摑んだ。この二つの事実を結びつけることは容易だった。新藤がヤクザたちに脅され、押収品を横流ししたということだ。

仮説でしかないが、揃いすぎた条件が他の可能性を否定する。だが、証拠はまだ何もなかった。

マンション前に停めていた車に乗り込んだところで、一馬は携帯電話を確認した。レイジに話を聞いている間、ずっと着信があったのはマナーモードにしていたからわかっていた。その前から吉見が何度もかけてきていたから、面倒で音を消していたのだ。

着信履歴には九件も吉見の名前が残っている。そして、一馬が見ている最中、十件目が鳴り出した。

『せんぱーい』

吉見の情けない声が電話口から聞こえ、いつもなら怒り出すところだが、今に限っては緊張感を解《ほぐ》す役割を担ってくれた。

「なんだよ。急用か？」

だから、一馬にしては珍しく、穏やかに問いかけた。

『課長がすっごく怒ってます。河東は何をしてるんだって』

「いつものことじゃねえか」

『それが、ちょっと違うんです』

「違うって何が？」

その質問への答えはすぐには返ってこなかった。どうやら吉見のそばに誰かが近づいてきて、そのために場所を移動しているようだ。ただ居所のわからない一馬を呼び出すためにだけかけてきたのなら、人の耳など気にしなくていい。吉見にはそれ以外に一馬に知らせたいことがあるらしい。

『上のほうから、課長に注意があったみたいです』

「署長か？」

『多分。先輩が調べて回ってるのがばれたんでしょうか？』

「そんなへまはしてねえよ」

そう答えたものの、ばれていないという確証はない。一馬が話を聞いたうちの誰かが、新藤にそのことを漏らしてしまう可能性はゼロではないのだ。

「話はそれだけか？　捜査中だ。切るぞ」

一馬は返事を待たずに電話を切った。

先月まで、一馬が好き勝手に捜査をしていることに、署長が直々《じきじき》に釘《くぎ》を刺してくることはなかった。課長もわざわざ自分の管理能力のなさを報告したくはないから、言わずに自分のところで留《とど》めていたのだろう。しかし、新藤だけが口を出してきた。

一馬が初めて新藤と顔を合わせたのは、殺人が起きてからだった。もし、新藤が犯人なら、捜査状況が気になって当然だ。刑事課の状況を知ろうとして、上司に従わない刑事がいることを知った。報告で上がってくる捜査状況では、自分に手が伸びていなくても、一馬の行動まではわからない。だから、今のうちに手を打っておこうとしたのではないか。

考えれば考えるほど、全てが新藤を犯人だと示している。新藤が犯人だとしか思えなくなってきた。

少し頭を冷やしたほうがいい。一馬は頭を振り、思考を中断した。勘も大事だが、思いこみや予断は捜査の妨げになる。

気持ちに余裕を持たせるために、一馬はそうさせてくれる相手のいる場所へと車を走らせる。

相変わらず午後十時を過ぎるような時間でも、科捜研にはまだ明かりが灯《とも》っていた。

「忙しそうだな」

一馬はドアを開け、パソコンに向かっている神宮の背中に声をかける。

「そっちこそ、忙しいんじゃなかったか？　ここに来てる暇はないはずだが」

「固いこと言うなよ。少しくらい息抜きさせろっての」

「息抜きがしたいなら、署に戻ったらどうだ？」

ようやく手を止め振り返った神宮は、妙に険しい顔をしていた。仕事を中断させられたからという理由ではないだろう。本当に忙しければ、神宮は振り返ることすらしない男だ。

「誰かに何か言われたか？」

一馬は一時間前の吉見の電話を思い出し、問いかけた。

「すぐにそんなことが言えるっていうのは、お前にも心当たりがあるんだな」

「お前にも、な。やっぱりか」

神宮も隠しとおすつもりはなかったようだ。そうでなければ、一馬に言葉尻《じり》を摑まれるような真似《まね》はしない。

「今日、新署長が部下を引き連れて、正式な挨拶《あいさつ》に来た。そのときにお前のことをぼやいて帰って行ったんだよ」

「なんでお前にそんな話をするんだ？　俺たちの関係に気づいてんのか？」

「それはないだろう。俺に話したんじゃなくて、三浦《みうら》所長との会話で、お前がちょくちょくここに来ているって話になって、そのついでのようにぼやいてたからな」

神宮は一馬の疑念を即座に否定した。実際、二人の普段の会話は全く色気のないもので、喧《けん》嘩《か》をしているようにしか見えないことが多い。しょっちゅう顔を出しているこの科捜研内でも、誰も一馬たちが親密な関係だとは気づいていないはずだ。

「署長にまで目を付けられるような勝手な捜査っていうのは、さすがにまずいんじゃないのか?」

神宮にしては珍しく、一馬の仕事に口を挟んできた。結果さえ残せばいいという考えは、二人に共通している。だからこそ、これまで言葉にはせずに暗黙で認め合っていた。それなのに神宮がこんなことを言い出す理由は一つしかない。

「心配してくれてるわけ?」

どうしても顔がにやけてしまう。心の中ではともかくとして、神宮が言葉にして一馬を心配してくれることなど滅多になく、かなり貴重なことだった。

「ふざけてる場合か」

「ふざけてはねえけどよ」

一馬はまだ顔をにやけさせつつも、

「大丈夫だ。きっちりと犯人を逮捕すりゃ、誰も文句は言わねえっての」

「犯人の目星は付いてるのか?」

「まあな」

一馬は上着のポケットに手を入れ、ビニールに入ったライターを握る。

大事な証拠品かも知れないのに、提出どころか報告もしていない。処分は覚悟の上で、自分で保管していた。押収品を横流しするような奴が相手なのだ。揉《も》み消されることを恐れてのことだった。

ライターを触っていたのもあって、一馬の視線は見慣れない灰皿に止まった。いつもはない場所に、吸い殻《がら》の残る銀色の灰皿が置かれている。

ここには数え切れないくらい足を運んでいるが、所員の誰も煙草を吸っているのを見たことがなかった。

「禁煙ってわけじゃなかったんだな」

「ああ、それか」

神宮もすぐに一馬の視線に気づいた。

「お前のとこの署長が吸ったんだ。今は誰も吸わないが、三浦さんが禁煙を始めるまで使っていた灰皿が残っていたからな」

誰も喫煙者がいなければ、灰皿は残っていてもライターやマッチまで借りようとはしないだろう。新藤はきっと自分のライターを使ったはずだ。

「どんなライターだった？」

「どんなと言われてもな」

一馬の急な質問に、神宮は首を傾《かし》げつつ、記憶を辿《たど》っている。

「よく見る百円ライターで特徴らしいものなんて……」

「百円ライター？」

「ああ。黒のな」

観察力にも記憶力にも長《た》けた神宮の言うことだし、数時間前のことなら見間違うことはないだろう。

新藤がライターをなくしているのは確実だ。もし、人に譲ったりしたのなら、すぐに別のものを買うはずだ。ブランドもので身を固めているのに、ライターだけ安物で済ませるというのは、本人がどこでなくしたかわからず、見つかるまでの間に合わせと考えているからではないか。これでまた一つ、新藤を疑う理由が増えた。

「ライターがどうかしたのか？　そう言えば、この間もライターを持ってきてたよな」

神宮が訝《いぶか》るような瞳を向けてくる。捜査状況は部外者には話せない。ましてや身内の恥になる話だ。一馬はたいしたことじゃないと話を切り上げ、

「そんなことより、また口説《くど》かれたりしなかっただろうな？」

一馬は新藤が神宮に接近することを気にしていた。ただでさえ気にくわない男だったのに、殺人犯かもしれないのだ。できるだけ神宮に近づけたくはなかった。

「馬鹿言え。お供を引き連れてるのに、男を口説くわけないだろう。それにこっちも一人じゃなかったんだ。個人的な会話もなかった」

「ならいいんだけどな」

「嫉妬《しっと》してるのか？」

「嫉妬っていうか、俺が遊びにも行かずに仕事してるってのに、お前だけ他でフラフラされてもよ」

「フラフラした覚えはないし、それに……」

神宮が一馬のネクタイを摑んで引き寄せ、至近距離で睨《にら》みつけてくる。

「お前は浮気したいのに我慢してると言っているように聞こえるが？」

「いやいや、全然。言葉のあやじゃねえか。細かいことは気にすんなよ」

神宮の目の中に不穏なものを感じ、一馬は慌てて言い繕《つくろ》う。

「それならいい」

神宮は一馬を解放し、表情を一変させ口元を緩める。

「もし、浮気したいくらいに精力が有り余ってるなら、俺が搾《しぼ》り取ってやろうかと思ったんだがな」

「そう言うと思った」

この流れになったとき、神宮が言い出すことはもう予想がつく。そして、そうなると分が悪いのは一馬のほうだ。けれど、おかげで当初の目的は果たせた。神宮と話すうちに気持ちが落ち着いてきて、頭に上っていた血も下がってきた。

だから、このときは気づけなかった。冷静になる前の一馬には、いつもの判断力や洞察力が欠けていて、神宮が本当は何を考えていたのかを知ることができなかった。

5

「おかえりなさい」

午後八時を過ぎて寮に戻ってきた一馬を迎えたのは、門の前に立つ笑顔の吉見だった。

「こんなとこで何やってんだ？」

「刑事課で待ってても会えませんから、寮には帰ってくるだろうと思って、待たせてもらいました」

「その努力を捜査に生かせ」

「だから、一緒に捜査をさせてください」

吉見は真剣な顔で訴えてくる。

事件発生から一週間が過ぎていた。最初の三日間は吉見と行動していたが、新藤の名が浮かんでからは、意図的に避けていた。署に顔を出さないのもそのためだ。以前、コンビだった長《は》谷《せ》川《がわ》ならベテランだから、勝手をする一馬に合わせようとはせず、他の刑事たちと捜査を進めていた。だが、吉見にはそれができない。一馬がいないことで何をしていいのかわからないでいるのだろう。

「俺にも張り込みの手伝いならできます。一人じゃ、手が足りないときだってあるでしょう？」

「お前は関わるな」

吉見の必死の訴えを一馬は拒んだ。正直に言えば、一人では難しい捜査もある。けれど、一人でなければ、署長を疑うような無茶はできない。

「どうしてですか?」

「経歴に傷が付くぞ」

引き下がらない吉見を一馬は脅す。

「先輩はどうなんですか?」

「俺がそんなもん気にしてどうするよ。それにとっくに傷だらけだっての」

一馬の階級は巡査部長だ。始末書を山ほど書いてきた一馬に、この先も上がる予定はない。それに昇進試験の勉強をする時間があるのなら、捜査に回すし、刑事でいられるのなら、肩書きなど何でもよかった。

「そういうわけだから、もうあと少しの間は俺に構うな」

「あと少しって……、犯人がわかったんですか?」

吉見はゴクリと唾《つば》を飲み込み、周囲を気にするように声を潜めて尋ねる。

一馬はほぼ新藤が犯人で間違いないと確信していた。新藤の元恋人であるレイジが起こした交通事故を調べ直し、相手のヤクザを突き止めた。その組が四年前にやたらと羽振りがよかったという事実もあった。そして、被害者、若山《わかやま》の周辺を新藤の写真を持って聞き込みに回り、二人が会っていたという証言も掴んだ。

だが、全ては状況証拠だ。新藤が若山を刺した証拠も、覚醒剤を横領した証拠も見つかっていない。これでは課長を動かすことができるのかどうか、かなり怪しいところだ。だから、一馬は一人で対決する覚悟を決めていた。新藤に事実を突きつけ、どんな反応を見せるのか、その態度次第によっては、公にするつもりでいた。

「俺にも何か……」

「そう言や、お前の叔父さんはあれから何も言ってこないのか？」

一馬は協力を申し出る吉見を遮り、気になっていたことを問いかけた。吉見が頼み、副総監の権力を使って、西新宿署の押収品を調べてもらったのだ。なくなっていることが判明したというのに、所轄《しょかつ》の警察官たちはまだ知らないままのようだ。知っていれば大事《おおごと》だから、隠そうとしても話は洩《も》れ伝わってくる。それが一切なかった。

「そのことなんですけど……」

吉見が言いづらそうに言葉尻を濁《にご》す。

「なんだ？　はっきり言え」

「はい。実は……」

思い切ったように吉見が話を始めようとした矢先、一馬の携帯電話が上着の内ポケットで鳴りだした。

「ちょっと待て」

一馬は携帯電話を取りだし、まずは着信表示を確認する。もし、署からの電話なら見ないふりをするつもりだった。

そこには神宮の番号が表示されていた。神宮からかかってくることは珍しくないのだが、一馬が事件の捜査で走り回っている最中は、邪魔をしないようにという配慮なのだろう、ほとんど受けたことがなかった。

「どうした？」

一馬は吉見を待たせて応対に出る。

『彼の電話には出るんだね』

神宮ではない声が馬鹿にしたように話しかけてくる。どこかで聞いたことのある声と、かんに障《さわ》る喋《しゃべ》り方に、一馬は眉《まゆ》を顰《ひそ》め、記憶を辿った。この人を見下したような物言いに、確かに聞き覚えがある。

「なんであんたが奴の携帯なんか使ってんすか」

一馬は思いついた心当たりに確信を持って言葉を返した。

『上司に対してその口の利き方はよくないな』

やはり電話の相手は新藤だった。その新藤がどうして神宮の携帯電話を使っているのか。不吉な思いがよぎり、電話を握る一馬の手に力が籠《こ》もる。

『驚くことはない。彼と意気投合してね。部屋に招待してもらったんだ』

「なんだと？」

相手が署長であろうが、あからさまな挑発をされて黙っていられるほど、一馬は心の広い男ではなかった。

「神宮を出せ」

『残念だが、彼は今、シャワーを浴びているところだ』

「そんな嘘《うそ》を俺が信じると思うのか？」

『信じる信じないは君の勝手だが、私としては黙っているのはアンフェアだと思ってね。こうして彼が席を外した隙《すき》に、電話させてもらったというわけなんだ』

信じるつもりはなかった。だが、神宮が携帯電話を新藤に明け渡す状況になっているのだけは事実だ。

「ホントに神宮の部屋にいるのか？」

『もちろんだよ。なんなら君も混ぜてあげようか？　私はそういうプレイも嫌いじゃない』

「ふざけんな、てめえ」

相手が署長だとか容疑者だとか、そんなことはもう頭から消えていた。電話の向こうの新藤に怒鳴りつけ、一馬は勢いに任せて電話を切った。

事情がわからないなら調べればいいだけだ。神宮の部屋にいるのが本当なら、押しかけていくしかない。

署にも顔を出さずに捜査をしている今は、警察の車を使っていない。移動は自腹でタクシーか電車だった。だから今もまたタクシーを捕まえるかと視線を向けた先に、吉見が乗ってきた覆面パトカーが停《と》められていた。

「鍵《かぎ》を寄こせ」

「でも、あの、今の電話って……」

「いいから寄こせ」

一馬は強引に鍵をしまっているであろう、吉見の上着のポケットに手を突っ込み、目当てのものを見つけた。

背中に吉見の声がかかるのを無視して車に乗り込み、すぐさま神宮のマンションに向かった。

シャワーを浴びているというのは、新藤の嘘に違いない。ただそれを嘘だとも言えず、携帯電話を取り返すこともできない状況に神宮が陥《おちい》っているのは事実だ。

一秒でも早く神宮のもとに駆けつけたいが、サイレンは鳴らさなかった。下手に騒ぎを大きくして、神宮が後で困るような事態になるのを避けたのだ。まだそう考えられるだけの冷静さが一馬に残っていた。

混雑した東京の道路事情に苛立《いらだ》ちながら、四十分かかってようやく神宮のマンションに到着した。車を正面に停め、飛び降りるとそのまま階段を三階まで駆け上がる。何度も来ている神宮の部屋を、こんな形で訪ねることになろうとは夢にも思っていなかった。

ドアの前に立ち、一馬は自分を落ち着かせるため、一つ大きく息を吸い込んだ。そして、インターホンを押す。

神宮が応対に出てくれれば、まだ安心できる。だが、一馬の期待に応《こた》える声はなかった。神宮だけでなく、誰の声も返ってこないのだ。

一馬はドアに耳を押しつけ、室内の様子を探ろうとする。少しでも物音が聞こえてこないか、中に誰かいないのかを確認したかった。

争うような物音も助けを求める声も、一馬の耳には届かない。ただ微《かす》かに誰かが動く気配があった。

ドアノブに手をかけると、意外にもそれはすんなりと回った。在宅しているときでも、神宮はきちんと鍵をかけているし、出かけるときならなおさらにかけ忘れるような男ではない。

一馬は警戒を緩めず、ゆっくりとドアを開けた。

1Kの部屋の間取りはすぐに思い浮かぶ。玄関からキッチンまでの間にセパレートになったバスとトイレがあり、ドアがあってキッチン、そして仕切りの引き戸を外した、ベッドのある洋室へと続いている。つまりもう一つのドアを開ければ、全《すべ》ての部屋が見渡せるのだ。

「神宮、いるのか？」

一馬の到着はインターホンで室内に伝わっている。だから神宮の反応を見るために、わざと呼びかけながら廊下を進んだ。

ドアの隙間からは明かりが漏れている。ここを開けなければ状況がわからないのだから、何が待っていようとためらっている場合ではない。

「神宮っ」

ドアを開けた瞬間、目に飛び込んできた光景に一馬は叫んだ。

神宮はベッドに寝かされていた。自分の意志でそうしているのではないことは、両手が背中の後ろで一つに縛り上げられていることでわかる。おまけに口にはネクタイで猿ぐつわまでされていた。

捜査のときならもっと冷静に状況を判断できた。だが、神宮の姿に我を忘れ、一馬は周囲を確認することなく、駆け寄ってしまった。

「くっ……」

突如《とつじょ》、首の後ろに衝撃が加えられ、一馬は低く呻《うめ》きその場に崩《くず》れ落ちた。

頭が痛い。それに体が自由に動かない。

一馬は顔を顰《しか》め、目を開けた。最初に視界に映ったのは、フローリングの床だった。それだけで瞬時に気を失う直前のことを思い出す。ベッドに寝かされていた神宮に駆け寄ろうとして、首の後ろを殴られたのだ。今の一馬は、ご丁寧に両手両足を縛られ、キッチンの床に転がされていた。

その状態でも一馬は顔を上げ、神宮を探す。ベッドから距離があるため、床に寝ころんでいても、その上の状況は見て取れた。

「新藤っ」

ベッドにいたのは一人ではなかった。横になった神宮のそばには新藤がいる。神宮も縛られているのはさっきのままだが、違うのは猿ぐつわがなくなったことと、シャツの前がはだけられ、肌が剝《む》き出しになっていることだ。

「おっ、やっとお目覚めかな」

新藤が笑って一馬に顔を向けた。仕事中と変わらないスーツ姿で、ベッドに腰掛け、一馬を見下ろす。

「てめえ、神宮に何をした？」

手も足も出ない状態でも、一馬は憎しみを込めて新藤を睨みつけた。

「やれやれ」

新藤は悪びれた様子もなく、大げさに肩を竦《すく》める。

「まだ何もしていないよ。より楽しませてもらおうと思ってね。君が目を覚ますのを待っていたんだ」

「なんだと？」

一馬には新藤の目的がわからなかった。神宮を狙っていたのは知っていたが、一馬が呼び出される理由はない。電話を受けたときは頭に血が上っていて、そこまで考えが及ばなかった。

「彼はまだわかっていないようだから、君が教えてあげるかい?」

新藤はそう言って、神宮の頬《ほお》を撫《な》でた。

「そいつに触んじゃねえ」

一馬は咄嗟《とっさ》に叫んでいた。自分以外の人間が神宮に触れることが許せなかった。

「彼はかなり君にご執心のようだ。相思相愛というわけだね」

二人の関係をはっきりと言葉にされ、一瞬、怒りを忘れ、一馬は神宮の顔を見つめた。数日前、新藤に関係がばれたのかと尋ねたとき、神宮はそれはないと断言したのだ。一馬の視線を受けた神宮は、唇を噛《か》み締め、瞳を逸《そ》らした。

「職場であんな大胆なことをしていたんじゃ、いずれ誰かにばれるのも時間の問題だったんじゃないかな」

「大胆なこと……?」

心当たりがありすぎて、一馬はわからないふりをして探りを入れる。自分からどのことかを口にすれば、揚げ足を取られることになるからだ。

「しかし、君はちょっと早すぎだろう。もしくは神宮くんが巧みなのか」

にやついた新藤の笑みに、一馬はうっと言葉を詰まらせた。二人きりなのをいいことに、科捜研で神宮に口で愛撫《あいぶ》してもらったときのことを新藤は指摘しているのだ。

油断しすぎていた。科捜研の中では、これまでもキスくらいなら何度もしていたし、誰にも見つかったことがなかった。だからつい、エスカレートしてしまったのだ。互いの体に触れる機会が少ないことが原因だ。

だが、あのときドアはちゃんと閉まっていたし、カーテンも引かれていて、覗《のぞ》かれていた様子はなかった。

「どうして知っているか知りたいかい？」

一馬の顔色を読んだように、新藤が問いかけてくる。

「覗いてたんじゃねえのかよ」

「まさか。私はそんなに暇じゃない」

「だったら……」

「簡単な話だ。あの部屋に盗聴器を仕掛けておいたんだよ」

得意げに答える新藤のことなど一馬は見ていなかった。神宮が一馬から視線を逸らした意味にやっと気づき、だから気にするなという思いを込めて視線を送る。

いつもの冷静沈着な神宮なら、新藤を部屋に上げるようなことはなかったはずだ。だが、一馬との関係を指摘され、なおかつその証拠まで上げられては、言いなりになるしかなかったのだろう。

「友人として親しいだけだと思っていたから、正直、驚いたよ。私はね、君が個人的に検査を頼みに来るんじゃないかと盗聴器を仕掛けておいたんだ」

新藤が何度も科捜研に足を運んでいたのは、それが目的だったようだ。もちろん、隙《すき》があれば神宮を口説くつもりもあったのだろう。

「こんなものまで手に入れてるとはね」

新藤は上着のポケットから、あのライターを取りだした。

しまった。一馬は舌打ちして顔を歪《ゆが》める。証拠品であるライターを一馬は常に持ち歩いていた。気を失っている間に調べられ、見つけ出されてしまったらしい。

「それ、お前のか?」

署長としてではなく、容疑者に対する態度で一馬は問いかける。だが、新藤は質問には答えず、今の状況の優位さを盾《たて》に問い返してくる。

「どこでこれを手に入れた?」

「拾ったんだよ」

「だから、どこでだと私は聞いてるんだ」

新藤は苛立ったように言って、立ち上がると一馬に近づいてきた。そして、おもむろに一馬の腹を蹴《け》り上げた。

一馬が顔を顰めたのはほんの一瞬だった。室内だから新藤は靴を履いていないのと、こういったことに慣れていないのだろう。衝撃は耐えられないものではなかった。

「さあ、素直に話す気になったかな?」

「なんでそんなことが知りたい? 場所によっちゃ、都合が悪いことが起きるって?」

一馬がニヤリと笑って質問を返すと、新藤は目を細め表情を険しくしてから、すぐに思い直したように余裕の笑みをたたえた。

「こういう乱暴な真似は私も好みじゃない。どうせなら私の好みのやり方で、君が話をしたくなるようにしようじゃないか」

新藤は一馬に背を向け、再び神宮に近づいていく。この状況でその先の展開が想像できないほど、一馬も馬鹿ではない。

「わかった。教えてやる」

一馬は新藤の背中にそう告げた。神宮はもともと新藤の好みなのだ。一馬のことがなくても手を出すつもりでいただろう。そこへ一馬の口を割らせるという目的が加われば、新藤は喜んで神宮を辱《はずか》しめるはずだ。それだけは何があっても止めたかった。たとえ、捜査の情報を流すことになってもだ。

「お前は黙ってろ」

この部屋に入って初めて、神宮が口を開いた。

「これくらいたいしたことじゃない」

「ふざけんな。黙って見てられるわけねえだろ」

一馬と神宮の間に張りつめた空気が流れる。神宮が刑事である一馬を思って言ってくれているのは理解できる。けれど、神宮一人さえも守れないなら、刑事であり続けたいとは思わない。

緊迫感を打ち破るように乾いた笑い声が室内に響く。新藤が一馬たちのやりとりを嘲《あざけ》って笑っているのだ。

「全く君たちは本当に麗しい関係だよ」

決して褒めてはいない。馬鹿にした物言いで新藤は一馬に顔を向けた。

「彼がどうしてこんな目に遭っているか、君には是非、教えてあげたほうがいいようだ」

「どういう意味だ?」

険しい顔で問いかける一馬に、新藤はクッと喉《のど》を鳴らして笑う。

「東京も意外に広い。私の力で君を片田舎の駐在所に飛ばすこともできると言えば、彼は素直に誘いに応じてくれたよ」

「神宮……」

予想していた以上の事実に、一馬は名を呼ぶことしかできず、神宮を見つめた。

神宮は一馬の刑事生命をネタに脅されていた。一馬が勝手な捜査をして、頻繁に上から叱責《しっせき》されていることは神宮も知っている。新藤が副署長を引き連れ、科捜研に挨拶《あいさつ》に行ったとき、あえて一馬の話を持ち出したのは、後で神宮に脅しをかけるための布石だった。

「なんでお前がそんなこと……。俺がそんなことを頼んだかよ？」

「刑事以外、お前に何ができる？」

絞り出すような声で、神宮が答える。きっと神宮も悩んだに違いない。それでも一馬を優先させた。一馬に刑事を続けさせようと、新藤の言いなりになり、こうして自由を奪われてしまったのだ。

「一度だけ相手をしてやれば満足するなら、それくらい我慢するつもりだった」

「それくらいいじゃねえだろ」

怒りで声が震えた。神宮に対しても、神宮にそんなことをさせてしまった自分自身にも腹が立つ。

「それにこんな奴が一回で満足するかよ」

「こんな奴呼ばわりは心外だ」

新藤が会話に加わってくる。そばにいるのに無視をされていたことも気に入らなかったらしい。

「脅迫して人をいいなりにさせようとする奴は、こんな奴で充分だ」

「脅迫されるような弱みを持つのが悪いんだよ」

「同じこと、自分自身にも言えるのか？」

一馬は強い口調で新藤に言葉を返す。どっちみち新藤とは対決するつもりでいたのだから、それが予想より早くなっただけだ。

「どういう意味かな?」

「お前はどれくらい脅迫されてたんだ? 四年間ずっとか? それとも今度は四年ぶりだったのか?」

一馬が摑んだ状況証拠をつなぎ合わせると、この結論にしか辿り着かなかった。

四年前、新藤はヤクザに脅迫され、押収品を横流しした。その事実を今回の被害者、若山が知ってしまったのだ。若山がかつてそのヤクザの下請けとして売人をしていたことは、同僚刑事たちの捜査で判明している。誰かが若山に口を滑らせ教えてしまったと考えるのは、決して無理のある推理ではない。

四月の異動で、新藤は三年ぶりに現場へと戻った。そのことを知った若山が、今度はマージンを取られずに儲《もう》けようと、直接、新藤に接触を図ったのではないか。どうやって手を切ったのかはわからないが、最近の新藤がヤクザとの付き合いがないのは、周辺を探っていて、わかっている。だから、今回の事件は、若山が単独で動いたことにより起きたのだろうと一馬は推理していた。

「これはますます口封じをしなければならなくなったようだ」

「殺すのか?」

「私はこれでも警察官だからね。犯罪を重ねることのリスクは承知しているつもりだよ」

新藤に警察官だと名乗ってほしくない。黙れと叫びたかったが、今は新藤の出方を窺うことのほうが重要だ。一馬は感情を押し殺し、新藤が調子に乗って話し続けるのを待った。

「君たちには私の共犯になってもらおう」

「何言ってんだ？　なるわけねえだろ」

あまりにも勝手な言い草に、一馬は呆気に取られる。見逃せというならまだしも、どうやったら共犯になるなどと考えられたのか。一馬には想像もつかなかった。

「いいや、なるしかないんだよ」

新藤が思わせぶりにニヤリと笑い、小さな携帯プレーヤーをポケットから取りだして、一馬に見せつけた。

「神宮くんには聞いてもらったが、これには君たちの淫《みだ》らな行為が録音されている。もし、私が逮捕されるようなことがあれば、これももちろん、証拠品として押収され、君の同僚たちにも聞かれてしまうだろう」

「それがどうした」

強がりではなく、一馬は本心から反論した。職場でしたことは決して褒められたことではないし、咎《とが》められて当然のことだ。知られてしまったとわかった時点で、一馬は覚悟を決めていた。自業自得なのだ。

「君はよくても彼はどうだろう？　それに君たちの家族は？」

「家族?」

「こんなことはすぐに噂《うわさ》になるものだ。勤務中の職場で男に口でイカせてもらっていたから、クビになっただなんて知った家族はどう思うだろうね」

ろくでもない奴は、本当にろくでもないことを思いつくものだ。一馬は高校卒業後、一人暮らしを始め、親と顔を合わせる機会はめっきり減った。刑事になってからは忙しさにかまけ、同じ都内に住んでいるというのに、年に一度か多くて二度しか実家に顔を出さなくなっていた。だから、つい親のことにまで考えが及ばなかった。働くことで自活ができるようになると、つい一人で生きているような気になってしまうが、親を思う気持ちがないわけではない。何も親孝行らしいことができない分、せめて心配だけはかけたくない。一人暮らしをしている神宮も、きっと同じような思いのはずだ。

「よく考えてみたまえ。ヤクの売人の命と、君たち二人の人生、どちらが大事だい?」

一馬の顔色を読んだように、新藤が答えを迫ってくる。

「それに、彼はもう覚悟を決めているみたいだよ」

その言葉に一馬は神宮に顔を向けた。二人は無言で視線を交わす。何かを決意したような色が神宮の瞳には宿っていた。やがて、その唇が言葉を紡《つむ》いだ。

「河東、頼む……」

神宮は多くを語らなかったが、その瞳は雄弁だった。ここはおとなしく新藤の言いなりになるべきだと訴えている。下手に逆らって殺されては、全て終わりだ。生きてさえいれば、解決策を見つけることができる。それ以外の考えなら、言葉で説得してくるはずだ。新藤に聞かれてはまずいからこそ、黙って訴えかけているのだ。

神宮の考えは一馬にも理解できる。今はそうするしかないこともわかっている。だが、感情が邪魔をした。共犯になることも、そのための条件のように神宮の体を差し出すことも、到底、一馬には受け入れられなかった。

「答えは出たようだね」

新藤は満足げにそう言い、それならと改めてベッドへと上がった。

「共犯になるための、より強い結びつきを作るとしようか」

動けない神宮に手を伸ばし、スラックスのボタンを外し始める。

「やめろっ」

一馬は叫ぶことしかできなかった。両手、両足をそれぞれに纏《まと》めて縛られた状態では、立ち上がることすらできない。

一馬の叫びは受け入れられず、神宮はあっという間に下半身から全てを取り去られてしまった。上半身もシャツがはだけられていて、ほとんど全裸の状態だ。

「ああ、そうだ。このままじゃ、彼がよく見えなくてかわいそうだな」

名案を思いついたかのように言って、新藤は神宮の上半身を起こさせる。

「君も彼に見られていたほうが興奮するだろう?」

逆らえない神宮を新藤は強引にベッドの縁に座らせた。裸の神宮が一馬の目の前にいる。こんな状況でさえなければ、きっと楽しめただろうに、今の一馬は唇を噛んで見ているしかできないのだ。

「さてと、始めようか」

新藤は神宮を後ろから抱きかかえるようにして座り、早速《さっそく》とばかりに裸の胸に手を這《は》わせ始めた。神宮は瞳を閉じて、ただ時間が過ぎるのを待っているようだった。

自分の手はここにあるのに、別の男の手が神宮を撫で回している。その事実が一馬の心を傷つける。

「君はこっちは可愛《かわい》がってもらっていないのかい?」

胸への愛撫に反応を示さない神宮に、新藤がそう問いかける。

一馬と神宮が抱き合うとき、一馬はほとんど胸を触ることはなかった。神宮が感じたふうを見せないので、それならとより昂《たか》ぶらせることのできる中心への愛撫に集中していたからだ。けれど、こんなことになるのなら、神宮の体中、あますところなく全て自分のものにしておけばよかった。深い後悔が一馬を襲う。

「そう言えば、君は私と同じでタチだったね」

新藤は一人で納得したように言って、一馬に視線を向ける。

「それにしても、君は随分と悪趣味だ」

「うるせえ。てめえに関係あるか」

一馬は我慢できず怒鳴りつける。品定めするような目で見られることは、この際、どうでもいい。それよりも二人の関係を馬鹿にされたようで腹が立った。

「なるほど。強気な男を屈服させる喜びといったところか。それはそれで面白そうだが……」

新藤はもう一馬に興味をなくし、神宮の耳に顔を寄せる。

「私は君のようにプライドの高い男を従わせるのが好きなんだよ」

耳元に息を吹きかけるように囁《ささや》いた小声でも、他に音のない室内では一馬にまで届いた。

「……いっ……」

神宮の呻《うめ》き声で一馬が視線を移す。新藤が右手を胸から下へとずらし、神宮の中心を握っていた。おそらく強い力で握られているのだろう。神宮は痛みに顔を顰めている。

「痛かったかい？　大丈夫。すぐによくしてあげるよ」

新藤は今度は打って変わって、柔らかい動きで神宮を揉みしだき始めた。最初は痛みを与え、次にそれを緩めることで、新藤は感じまいとしている神宮の心に隙を作ろうとしていたのだと、一馬はすぐに気づかされる。

「ふっ……」

押し殺した中での熱い息が神宮の唇から零《こぼ》れる。新藤の手の中で、徐々に神宮が熱くなり始めていた。

「ほらごらん。誰の手でも気持ちよくなることに変わりはないんだ」

新藤は経験の豊富さを思わせる巧みさで、神宮を追いつめていく。神宮が必死で堪《こら》えようとしているのはその表情でわかったが、体は心の言うとおりにはならなかった。

「さあ、イキたまえ」

固く勃《た》ち上がった屹立《きつりつ》の先端に爪《つめ》を立てられ、神宮は背中を丸めて最後の瞬間を迎えた。

屈辱と羞恥《しゅうち》に苛《さいな》まれ、神宮は顔を上げられずにいる。一馬もこんな神宮は見ていられなかった。

「元気をなくすのは早いよ。まだこれからじゃないか」

新藤は神宮の両膝《りょうひざ》の裏に手を回し、足を広げて持ち上げる。秘められた奥が露《あら》わになり、一馬は息を呑《の》む。

「君はここを触ったことは？」

問いかけながら、新藤は指先を奥に這わせた。一馬でさえ触れたことのない場所を、新藤は確かめるように指の腹で押している。

後ろ手に縛られた一馬の手のひらには、自分でも気づかないうちに四つの傷ができていた。怒りで握りしめた拳《こぶし》に力が入りすぎ、爪が肉に食い込んだのだ。

「随分と固そうだが、私もあまり時間がない。そろそろ私を受け入れてもらおうか」

新藤は神宮を押し倒し、両足を広げさせた。

「よせ、やめろっ」

これ以上は我慢の限界だ。一馬は無駄を承知で必死で暴れた。だが、無駄にはならなかった。闇雲《やみくも》に暴れたことが功を奏し、足を縛っていた紐《ひも》が緩んだのだ。

新藤はすっかり神宮に夢中になり、一馬に背を向けていて、そのことに気づいていない。もう誰にばれるとか、そんなことは頭になかった。手が使えないままでも何とか立ち上がり、一気に距離を詰めた。

「ぐっ……」

突然の攻撃に、新藤は防御する間も避ける間もなく、一馬の蹴りを受け、ベッドの下へとはじき飛ばされる。

だが、これで優位に立てたわけではない。一馬も神宮も両手は縛られたままだ。どうやら新藤の体格は見せかけだけとわかったから、足だけでも攻撃を与え続ければ、勝てるかもしれない。一馬がそう考え、新藤に向けて足を一歩、踏み出したときだ。

不意にインターホンが鳴り響いた。もう遅い時間だからセールスも来ないだろうし、神宮はそれほど交友関係が広くないから、突然、訪ねてくるような友人もいないはずだ。

全員の動きが止まり、玄関へと視線が集中する。

「神宮さん、お留守ですか?」

ドアの外から聞こえた声は吉見のものだった。寮の前で置き去りにされた吉見は、この住所を探り当て追いかけてきたらしい。

「吉見、早く入ってこいっ」

迷う暇はなかった。一馬は外にまで聞こえるように怒鳴った。

一馬が入ってくるときに鍵はかけなかった。その後、新藤がどうしたのかは知らないが、もし鍵がかかっていたとしても、吉見も刑事だ。一馬の切羽詰まった声に非常事態だと察し、鍵をこじ開ける術《すべ》を探すだろう。

一馬はその間に足でシーツを掻《か》き上げ、神宮に覆い被せた。ほとんど裸の状態の神宮をこれ以上、少しでも人目に触れさせたくなかった。

鍵はかかっていなかった。ドアの開く音に続いて、どたどたといくつもの慌ただしい足音が聞こえてきた。

「先輩っ」

真っ先に吉見の驚く声がして、一馬が顔を向けると、その後ろには見慣れない厳《いか》めしい顔の男が二人並んでいる。

吉見が驚いたのは、まず一馬の姿だろう。両手を後ろ手に縛られた状態でベッドの前に立ちはだかる一馬が神宮を隠し、そして新藤はベッドの向こう側に落ちたまま姿を見せない。

「新藤を逮捕しろ」

「あ、はいっ」

逮捕理由も聞かず、吉見は条件反射のように頷いて、一緒に来た二人の男たちを促し、ベッドの向こうへと移動する。うずくまる新藤をまずは吉見以外の二人が両腕を取って確保した状態で、吉見だけが戻ってきた。

「先輩、あの……」

「この紐を取ってくれ」

一馬は吉見に背中を向け、先に自由になることを求めた。吉見も聞きたいことは山ほどあるだろうが、それは一馬も同じだ。吉見だけならともかく、一緒にいる二人が何者なのか。警察関係者らしいことはわかるが、所轄の人間ではない。

吉見は素直に従い、一馬の拘束を解いた。それからベッドにいる神宮に視線を移したが、一馬が制する。神宮に触れるのはどんな状況でも、もう自分だけでありたかった。

周囲から見えないようにして、神宮の背中だけをシーツから覗かせ、縛られた手を自由にする。神宮がどんな目に遭わされたのかは、体を隠しているからわからないだろう。男が男に襲われるとは、その立場を経験してみないとなかなか思いつかないものだ。かつては自分もそうだった。

「吉見、そっちの二人は？」

吉見に事情を話す前に、まずはそれを確認してからでないと迂闊なことは言えない。新藤は突然のことに呆然《ぼうぜん》としているから、奴が先に余計なことを話し出す心配はなさそうだ。

「本庁の方たちです。叔父に頼んで手を借りました」

「副総監に？」

問い返すと吉見が無言で頷く。新藤に聞かれることを気にしているのか、いつもは饒舌《じょうぜつ》な吉見も口が重かった。

「わかった。あいつの逮捕容疑は殺人だ」

「証拠はあるんですか？」

「俺がこの耳ではっきりと聞いた」

言い換えればそれしかない。新藤が悪あがきして言い逃れれば、せいぜいが神宮と一馬への監禁暴行だけになってしまう。

「証拠はある」

思いがけない声が思いがけないことを告げた。

「神宮」

一馬が顔を向けると、神宮はシーツから上半身だけを出して、体を起こしていた。シャツだけは纏っていたから、中でボタンを留めていたようだ。

「ソファの下を見ろ」

「ソファ？」

意味がわからず問い返す一馬の横で、吉見の行動は早かった。すぐさま床にひざまずき、顔を傾けてソファの下を覗き込んだ。

「これですか?」

吉見は手を突っ込み、何やら引きずり出してくる。

「ICレコーダーだ。三時間分は録音できているはずだから、白状したところも入っているだろう」

いつもの冷静な口調が戻ってきた。神宮はやはりやられっぱなしでいる男ではなかった。新藤に脅された段階で、過剰な要求をされることを見越し、それ以降は拒否するための手を打っていたのだ。男を脅して関係を迫っているなどと、新藤の立場なら絶対に表沙汰《おもてざた》にはできないはずだと神宮は考えたのだろう。

「ありがとうございます。助かります」

吉見は神宮に対して深々と頭を下げた。

「吉見くん」

新藤を拘束していた男の一人が、吉見に呼びかける。

「そろそろいいだろうか?」

「あ、はい、そうですね」

吉見はそう答えてから、一馬の顔色を窺う。

「連行すんだろ？　してもらってくれ」

一馬にしても新藤をいつまでもこの神宮の部屋に留めておきたいとは思わない。反対する理由はどこにもなかった。

一馬たちの横をすっかり項垂《うなだ》れた新藤が通り過ぎていく。一馬は何も言わなかった。言いたいことは何もない。ただ殴り飛ばしたい気持ちがあるだけだ。

二人の男と新藤が先に部屋を出て行き、吉見はまだ何か言いたげにその場に残っている。証拠の音声があるとはいえ、こうなった事情を説明する人間が必要だ。そのために一馬を連れて行きたいのだろう。

「あれ、よかったのか？」

吉見の存在は気になるものの、新藤の犯罪の証拠だけでなく、一馬と神宮のことまで明らかになる音源を中を確認もせずに渡したことを一馬は心配した。

「脅迫に打ち勝つには、そのネタをなくしてしまうのが一番、手っ取り早い」

「そうは言ってもお前……」

「自業自得だからな。でも、お前を巻き込んだのは悪いと思ってる」

神宮は殊勝な態度で頭を下げた。盗聴器が仕掛けられていたことに気づかなかったのも、口でしてやると言い出したのも神宮だと責任を感じているのだ。

「馬鹿言え。巻き込んだのは俺だろ」

責任を被《かぶ》りあっても、もう済んだことだ。考えなければならないのは、今後、どうするかだった。

「先輩……」

吉見が控えめに声をかけてくる。そろそろ一緒に来てほしいと言いたいのだろう。

「わかってる」

一馬はそう答えると、今度は神宮に向かい、

「また後で戻ってくる。詳しい話はそのときだ」

神宮は無言で頷いた。

一馬は吉見と連れだって、神宮の部屋を出た。廊下に人影はなく、一足先に出た男たちは車にでも乗り込んでいるのだろうか。

「車のキーを返してください。俺が運転して行きますから」

吉見が手のひらを上に向け、一馬に突きつけてくる。

「行き先は秘密ってわけか？」

「そんなんじゃありません。今の先輩に運転してもらうのは、ちょっと怖いですから」

苦笑する吉見の瞳は一馬の顔を捉えていた。自分で認識できている以上に、一馬は興奮し頭に血が上り、それが今も完全には落ち着いていないらしい。顔の険しさが残ったままなのを吉見は指摘していた。

「ま、お前が道に迷わない自信があるなら任せてやるよ」

一馬はポケットを探り、車のキーを吉見の手のひらに載せた。

マンションの階段を下り、停めていた車に近づく。そばには他《ほか》に車はない。

「先に行ったみたいですね。俺たちも急ぎましょう」

「事故んなよ」

「大丈夫ですよ。嫌だなあ」

呑気《のんき》な吉見の口調が、さっきまでのことが嘘だったかのように思わせる。一馬でさえこうなのだ。一瞬にして状況が急変したことに、新藤が何の対処もできなかったのは無理もない。

車に乗り込み、久しぶりに吉見の運転で、深夜の街へと走り出す。

「お前も聞きたいことはあるだろうけど、先に教えてくれ。なんで副総監は簡単に部下を貸し出したりしたんだ？　いくら甥《おい》の頼みでも、あの二人にはどうやって説明する？」

神宮の部屋に駆けつけてきた段階では、吉見は一馬が掴んでいる事実を知らなかったのだ。一馬の態度で新藤を疑っていることはわかったにしても、それだけで副総監が動くとは、到底、思えなかった。

「あの電話で神宮さんが危険な目に遭っているのは想像できました。それに、新藤警視は押収品横流しに関して、最有力容疑者でした」

「聞いてねえぞ、そんな話」

一馬は眉間に皺《みけんしわ》を寄せ、吉見の横顔を睨みつける。

「いつからだ？」

「押収品の量が減っているとわかったときです」

「聞いてねえぞ」

「だから、さっき言おうとしたんです」

新藤から電話がかかってくる直前、確かに吉見は何か言おうとしていた。それを遮ったのは一馬だった。だが、それがわかったのは数日前のことだ。

「遅いっての」

「すみません」

一馬に責められ、吉見は素直に謝るが、おそらく副総監に口止めされていたのだろう。吉見一人で判断したとは思えない。

「それで、新藤を疑った理由は？」

「実は、先月、覚醒剤中毒で病院に運ばれた男が、新藤警視の名前を出したそうなんです」

吉見によると、その男は覚醒剤による幻覚症状も出ていたので、看護師たちはまともに取り合わなかったのだが、その病院の院長が副総監と親しく、具体的な名前が出たことを気にして連絡してきたのだという。

「その男は何者なんだ？」

「元暴力団員です」

それなら副総監が腰を上げたのも納得できる。表沙汰にならないうちに、内密に関係を調べようとしていた矢先、今回の事件が起こったというわけだ。覚醒剤中毒の男と関係があったらしい新藤と、その新藤がかつて勤務していた所轄から紛失した覚醒剤を所持していた男の殺人。何か関連があると疑いを抱くのも無理はない。

「もしかして、お前がうちの署に異動になったのは、それが関係してんのか?」

一馬は浮かんだ疑念を口にした。新藤を疑うようになったのが先月で、それから新藤に目を付けたというのなら、吉見が同じ署に異動になったのが偶然とは思えなかった。

「……叔父が人事に口を挟みました」

やはり一馬が睨んだとおりだった。吉見にも騙《だま》していたという思いがあるからだろう。口調はいつになく沈んでいた。

「課長も知ってのことか?」

「いえ、このことを知っているのは、本庁のごく一部の人間だけです」

「つまりはお偉いさんたちだけってことだ」

一馬は鼻でフンと息を吐き出す。キャリアの警視を見張るのだから、所轄の平刑事になどできないことだ。だが、そうだとしても、まだ経験も浅い吉見に任せるのに不安はなかったのだろうか。

「しかし、お前によく任せる気になったもんだ」

「どういう意味ですか、それ」

珍しく嫌みを理解した吉見が、唇を尖《とが》らせ、一馬に顔を向ける。

「ああ、いいから、前を見てろ。ただでさえ、運転がおぼつかねえんだから」

一馬は代わりに周囲に気を配りながら、

「お前みたいなぺーぺーしかいなかったのかってことを言ってんだ」

「一〇〇パーセント信用できる人がいなかったんでしょうね。新藤警視も将来を期待されてた人だったんです」

家族同然の近い親戚《しんせき》しか信用できない。地位が上がれば上がるほど、寂しくなっていくものなのかと、一馬は少しやるせない気持ちになった。

警察の不祥事を外部に洩らさないためはもちろんとして、キャリアの犯罪をできることならノンキャリアの警察官にも知られたくなかったに違いない。だからこそ、経験もあり機動力もある所轄の刑事には頼めなかったのだ。

「で、向かってんのは叔父さんのところか?」

一馬は流れる景色を見ながら問いかけた。

「いえ、警察庁です。叔父も連絡を受けて向かっているとは思いますけど」

「警察庁か……。揉み消そうって?」

「まさか」

吉見は慌てて首を横に振る。

「ただ対策を練るためにも、先に詳しい事情を聞きたいということなんです」

「どうだかな」

一馬は納得していないことを露骨に態度に表した。上層部は自分たちに都合の悪いことは、一馬たちには知らせずに処理してしまうことが、これまでにも何度もあったからだ。

「先輩はどうして新藤警視が犯人だと確信したんですか？」

吉見がようやく自分の番だと質問を投げかけてくる。もう隠す必要はないから、一馬は最初から順を追って説明した。

「やっぱり、先輩はすごいです」

心底、感心したように吉見は言うが、一馬は自慢にも思わなければ得意にもならなかった。

「お前、わかってんのか？　上がもっと俺たちにも情報をくれてたら、この事件はもっと早く片が付いたんだ」

「すみません」

吉見はキャリアを代表するかのように、また頭を下げた。

おかげでそれ以降、吉見からの質問は途絶えた。本当はもっと聞きたいことがあったのだろうが、一馬の機嫌の悪さと、それには自分たちキャリアの対応のまずさが大きく関わっていると悟り、口を開けないでいるらしい。

こんなふうに偉そうな態度を取っていられるのは、今の内だけかも知れない。一馬は窓に頭をつけ、流れる景色を見ながら思った。

6

一馬は音声だけで取り調べの様子を聞いていた。警察庁には所轄のように取調室がない。代わりに小さな会議室のような場所で行われた。事情説明のために呼ばれたものの、取り調べの立ち会いまでは求められておらず、一馬が強引に要求した結果、何とか声だけは聞かせてもらえることになったというわけだ。

自白したところを押さえられていれば、新藤も言い逃れはできない。すっかり観念した新藤は、おとなしく自供を続けていた。

一馬の推測はほぼ当たっていた。四年前にヤクザから脅されるようになったきっかけも、押収品を横流しした経緯も一馬の考えと一致していたが、唯一違ったのは今回の殺人だった。新藤は初めから殺人を行うつもりはなく、偶発的に起きてしまったことだという。被害者の若山に署の前で待ち伏せされ、そこでは周囲の目があるからと数時間後に犯行現場である河原で待ち合わせをした。

『ナイフを持ち出したのは、あの男のほうなんです』

一馬が聞いたことのない力のない声で、新藤が自供を続ける。

待ち合わせまでしたものの、新藤に要求を呑む意志はなかった。若山もそれでは引き下がらない。脅しをかけようと自ら持ち出したナイフで、揉み合ううちに若山は腹にナイフを突き立てしまった。

そこからは推理するほどもない簡単なことだ。新藤は若山を川に突き落とし、一目散に逃げ去った。ライターはそのとき落ちたのだろう。

自供が終わり、音声はそこで途切れた。刑事課のものよりも遙《はる》かに座り心地のいい椅子《いす》に座っていた一馬は、背もたれのスプリングを効かせ、大きく背中を反らした。

事件は解決した。けれど、今回ほどすっきりしない事件は初めてだ。

「河東くん、いいかな?」

ドアの外から声がかかる。聞き覚えのない声だが、一馬はどうぞと応じた。

入ってきたのは警察官の制服を身につけた四十代後半の男だった。品の良い顔立ちと優雅な立ち居振る舞いは、どこか吉見と共通する育ちの良さを感じさせる。

「副総監の吉見です。甥《おい》が君には随分と世話になっているようで、感謝します」

「ああ、いや、ま、そうっすね」

世話はしていないが、手間はかけさせられている。一馬が正直に答えると、副総監は温和な笑みを浮かべて、非礼を責めることはなかった。

副総監は一馬のすぐ隣の椅子に座る。そこにはやはりあまり大きな声では話したくないという意志が含まれているように感じた。

「自供を聞いた上で、何か言いたいことはありますか?」

「意外にすんなりと落ちましたね」

　他にわざわざ言うべきことはなかった。この答え方だけでも一馬の推測と自供がずれていないことはわかるだろうし、その前に吉見がもう説明もしているだろう。

「それは神宮くんのおかげでしょう。まさに体を張って証拠を手に入れてくれたわけですから」

「副総監は聞いたんすか？」

「私だけ聞かせてもらいました」

「副総監だけ？」

　意外な言葉に一馬は問い返す。確かに神宮が録音していたものは長時間に及ぶから、取り調べに当たった警察官が全てを聞けていないことはわかっていた。けれど、もうここに来てからでも一時間以上は経っているから、とっくに捜査官が手をつけていると思っていた。

「潤《じゅん》ができるだけ内密に聞いてほしいと頼んできたんですよ。これは新藤警視の自供以外にも何かあると思いました」

「そうだったんすか……」

　一馬はそう答えながら、吉見が部屋に入ってきたときの状況を思い返す。神宮をシーツで覆って隠しはしたが、そうしなければならない状態だったと推察するのは容易だ。それに吉見はかつて神宮と付き合っているのかと、証拠もなく言い出したような男だから、男同士では絶対にありえないと考えるような頭の固さもない。神宮が危ない目に遭わされ、そのときの会話や様子が音としてICレコーダーに拾われていることを心配し、気遣ってくれたようだ。

「結構、使える奴だったんすね」

一馬の正直な感想に、身内の副総監は苦笑する。

「検挙率ナンバーワンの君にそう言ってもらえると、潤も喜ぶよ。何しろ、自宅でも毎日、君のことばかり話しているそうだから」

「ろくな話じゃないんでしょう?」

「君みたいな刑事になりたいと言い出したときは、それまで尊敬の対象だった兄は複雑な気分になったそうですよ」

副総監の兄、つまり吉見の父親は警察庁の高官だ。同じ警察庁に入ったのも、父親を尊敬してのことだったようだ。さすがにそんな父親と比べられては、一馬も居心地が悪い。

「で、副総監が一人でここに来たってのは、口止めするためっすか?」

「率直ですね」

「回りくどいのは嫌いなんすよ」

特に今は早くここを出たかった。もう一馬にできることは何もない。だから、一秒でも早く神宮の元へ戻りたかった。

「それなら、私も率直に言いましょう。今回の件、警察が発表すること以外は口外しないように願えませんか?」

「ってことは、事実をねじ曲げて公表するってことっすか」

「公にしないことがあるというだけです」

こういわれることは初めから予想できていた。今度のことが明らかになれば、警察庁の失態だと騒がれ、キャリアの権威失墜も免《まぬか》れない。現場からの風当たりも強くなるだろう。だからこそ、できるだけ穏便に済ませたいのだ。

「口外しない代わりに条件があります」

上層部の意向に対して何もできないのなら、一馬にできることを探すしかない。一馬はその思いから口を開いた。

「条件？　もちろん君が望む待遇は……」

「そんなもんはどうでもいいんすよ」

一馬は副総監の言葉を遮り、

「俺が望むのはただ一つ。神宮の名前は絶対に出さないようにしてほしいってことだけです」

今ならまだあの音声を聞いたのは副総監だけしかいない。事実を揉み消すことができるのなら、神宮のことも消してほしかった。

「その言い方だと、君のことはおおっぴらにしてもいいように聞こえるが」

「俺は自業自得なんでね。別にいいっすよ。けど、あいつが危ない目に遭ったのは俺の責任だし、あいつは一般人なんすよ」

「いいでしょう。私としても、民間人に迷惑をかけることは好みません。君の要求を受け入れましょう」

「それじゃ、交渉成立ってことで、帰っていいっすか？」

一馬は問いかけながらも、既にもう腰を上げていた。この場に課長がいたら殴られそうな非礼の連続にも、副総監は笑顔で一馬を見送ってくれた。

「あ、先輩」

廊下に出た瞬間、吉見が行く手を塞《ふさ》ぐように立っていた。

「なんだ、まだ帰ってなかったのか？」

「先輩がいるのに帰れませんよ」

「俺のお目付役かよ」

一馬は顔を顰めて吉見を睨んでから、

「コーヒーかなんか飲みてえな」

周囲を見回し呟いた。思い起こせば、夕飯の牛丼《ぎゅうどん》を掻き込んだときに店で出された水を飲んだきりだ。

「一階に自動販売機ならありますけど」

「そこでいい。案内してくれ」

吉見が先に立ってエレベーターで一階まで降りると、自販機は正面玄関のすぐ近くにあった。

その前はロビーになっていて、一馬は缶コーヒーを買ってから、そこのソファに腰掛けた。吉見も同じように缶ジュースを手に隣に座る。

「神宮さんのところに戻らなくてもいいんですか？」

「戻るさ。コレを飲んだらな」

一馬は喉の渇きを潤すため、まずは一気に缶を傾ける。

「それで、お前はいつから気づいてた？」

「お二人のことですか？」

「ああ。だから、叔父さんに他には聞かせるなって言ってくれたんだろ？」

本当は早く帰りたかったが、吉見の顔を見た瞬間、この話をしておかなければならないと思い直した。

「初めて科捜研に行った日、一人で署に戻ろうとしたんですけど、先輩に聞きたいことがあって戻ったんです。そしたら……」

その後のことは言われなくてもわかる。自分たちがしていたことだ。一馬はさすがに反省するしかなかった。吉見にはキスシーンを目撃され、新藤には口でしてもらっているところを盗聴された。これから科捜研でするときは、トイレの個室にでも籠もるしかなさそうだ。

「ま、お前が俺のコンビでよかったよ」

「ホントですか？」

吉見がパッと顔を輝かせる。一馬は単に秘密が守られたのは吉見が上層部に顔が利いたからだという意味で言っただけなのだが、本人は褒められたと思ったようだ。せっかく上機嫌になっているのだから、今日くらいは得意にさせてやってもいいだろう。

「さてと、そろそろ不似合いな場所からは退散するとするか」

一馬は腕時計に目を遣った。もう午前二時を過ぎている。これから神宮の部屋を訪ねて、詳細を聞き出そうとすれば、明け方近くになってしまう。自分はともかくとして、平静を装っていたが、神宮は落ち込んでいるはずだし、あんな目に遭った後に徹夜で仕事に行かせることはできない。

「なあ、吉見。お前の叔父さんの力で、俺と神宮、明日、じゃねえな、もう今日をさ、特別休暇ってことにできねえか?」

「わかりました。任せてください」

多くを語らなくても吉見は理解して、力強く請け負ってくれた。

「じゃ、またな」

一馬は吉見の肩をポンと叩《たた》き、それから急ぎ足で外へと向かった。

四時間ぶりに神宮の部屋を訪ねた一馬を、神宮は神妙な顔つきで出迎えた。

「待たせたな」

「いや……」

神宮の口数が少ないのは、さっきのことを気にしているからだろう。一馬の見ている前で他の男にイカされたことが悔しくて、恥ずかしくて一馬に対していつもの強気な態度が取れないのだ。

一馬がソファに座ると神宮もまたその隣に腰を下ろす。シャワーでも浴びたのか、近くに寄るとボディソープの匂《にお》いがした。パジャマ姿に変わっているのもそのためだろう。新藤に体を撫で回されたのだから、洗い流したいと思って当然だ。

「とりあえず、この部屋であったことは一切、表に出ないことになった」

「それはどういう……?」

不思議そうな顔をする神宮に、一馬は事情を説明する。おそらく神宮は職を失うことも覚悟していたに違いない。話を聞き終えると拍子抜けしたような顔になった。

「ってことで」

一馬は改めて神宮に向き直り、

「この馬鹿野郎っ」

本気の怒気を含んだ声で神宮を怒鳴りつける。

「あいつに脅されたとき、なんで俺に連絡しなかった?」

今回のことで一馬が一番、腹を立てていたのは、神宮が何の相談もしてくれなかったことだった。一馬のためを思ってしたことでも、一緒に解決しようと考えてほしかった。まるで信用されていないようでショックだったのだ。

「証拠を……摑めるかと思ったんだ」

「証拠？　事件のか？」

「お前がライターの話をしただろう？　だから、新藤に会ってライターについて探りを入れるつもりだった」

「お前、それじゃ……」

一馬は驚きで言葉を詰まらせる。神宮の前で迂闊にも口を滑らせてしまったことが原因だった。

「慣れないことはするもんじゃないな。結局はあんなことになってしまった」

「全くだ。そういうことは俺たち警察に任せておけばいいんだよ」

「警察っていっても、あの男を捜査してたのはお前だけだったじゃないか。いっそ、部外者の俺のほうが立ち入れるかと思ったんだ」

神宮の察しがよすぎるのか、それとも一馬がわかりやすすぎるのか。両方なのだろうが、全ては神宮が一馬を思ってしてくれたことだった。

「まあ、あの、なんだ、俺もうちょっと考えて行動すっからさ」

「やっと、俺がお前の無茶を心配する気持ちがわかったか？」

「嫌ってほどな」

怒っているのは一馬のほうだったのに、いつの間にか立場が逆転している。これだから神宮は油断ならない。けれど、こんな神宮でないと調子が狂う。やっといつもの関係に戻れたと、一馬の顔にも笑顔が戻った。

「もう四時半かよ」

一馬は壁にかけられた時計を見て、呆《あき》れた声を上げた。バタバタしていたから時間の経過を気にしていなかったが、もうあと一時間もすれば朝日が昇り始める頃だ。

「お前も疲れたろ。裏から手を回してもらって、お前の今日の休みは確保しておいたから、ゆっくり寝ろよ」

「お前は？」

神宮が短い言葉で問いかけてくる。一馬もまた同じ時間まで起きているのにと気にしているのだろう。

「俺もついでに休む。ここんとこ休みナシだったからな」

「だったら、泊まっていけよ。今から帰るのも面倒だろ？」

「最初からそのつもりだっての」

一馬はことさらいつものように振る舞った。いつもならこのまま色っぽい雰囲気になるところなのだが、さすがに今日の神宮にそれを求めるのは酷だろう。

「河東」

神宮が真剣な瞳で一馬を見つめる。

「なんだよ、改まって」

「まだ俺を抱きたいか？」

「当たり前だろ」

突然の質問にも一馬はためらわずに即答する。神宮と付き合いだしたときからの願いであり野望だから、答えるのに迷いはなかった。

「なら、今からするか？」

「おい、神宮……」

想像もしなかった申し出に一馬は言葉を失う。これまでの神宮なら冗談でも、自分が抱かれることなど口にしなかった。何か心境の変化があったのだとしたら、それはさっきのことでしかあり得ない。

「なんだ、その顔は」

よほど間の抜けた顔をしていたのか、神宮が一馬の表情に口元を緩める。

「自棄《やけ》になってるわけでもないし、意味のない罪滅ぼしをするつもりもないぞ」

「じゃ、なんで？」

「俺はどうやら拘《こだわ》りすぎてたらしい。さっきそう思った」

「あんな奴にやられるくらいなら、俺に抱かせてやればよかったって？」

一馬の露骨な物言いに神宮は呆れたように笑ったが、

「そういうことだ。それで、そう思えたってことはもういいんじゃないかってな」

いつものきつさのない柔らかい口調とその言葉の意味に、一馬の体は一瞬にして熱を帯びた。

「待ってろ、シャワーを浴びてくる」

一馬は興奮を少しでも治めるため、浴室へと急いだ。このままでは呆気なく暴発して、みっともないところを見せてしまう。

水に近いほど温《ぬる》い湯を頭から浴びているというのに、体の熱は一向に治まらない。弱った神宮にそそられたのは確かだが、それ以上にこれからすることの想像が、一馬を熱くしていた。

結局、湯を水にして、さらには休み明けに訪れるだろう課長のお小言を想像することで、どうかに熱を冷ますことに成功した。そのせいで時間を費やしてしまった。

神宮の気が変わってしまったのではないかと、一馬は腰にタオルを巻いただけの姿で、急いで神宮のもとへと駆けつける。

「待たせたな」

「時間がかかったようだが、一人で抜いてきたのか？」

「かろうじて留まった」

「馬鹿だな、お前は」

神宮が楽しげに声を上げて笑う。この様子では本当に自棄になっているわけではなさそうだ。それならもう一馬にためらう理由はない。

「神宮、来いよ」

まだソファに座ったままの神宮に誘いをかけ、一馬は先にベッドへと移動する。腰のタオルを外し、全裸になってベッドに上がると、神宮は引き寄せられるように近づいてきた。そして、ベッドのそばで足を止める。

見せつけるように神宮がパジャマを脱ぎ捨てていく。全裸の一馬に対して、神宮はきっちりとパジャマを着込んでいたから、先に邪魔なものを取り去ろうというのだ。脱がせる楽しみもあるが、気が急《せ》いている今は神宮の気遣いがありがたかった。

下着まで脱ぎ落とした神宮は、一糸まとわぬ姿で一馬の前に座った。

さっきは触れられなかった肌が目の前にある。劣情を押さえようとしてももう無理だった。

神宮の肩を摑んでベッドに押し倒す。

「焦りすぎだろう」

この体勢になっても神宮は余裕の笑みを浮かべている。

「当たり前だ。どれだけお預けされてたと思ってんだ」

「お預けか。躾《しつけ》の悪い犬にしては、よく我慢してたんじゃないか？」

「すぐにそんな口がきけないくらい、泣かしてやるから覚悟しろ」

一馬は不敵に宣言し、体を下にずらした。まだ萎《な》えた神宮の中心の前に顔を移動させ、おもむろに体を屈《かが》めた。

口で愛撫することへの抵抗は、経験と共に薄れた。今では愛《いと》おしささえ感じ、愛撫することによって一馬まで昂《たか》ぶってくるほどだ。

口を大きく開け、手を添えて神宮のものを口に含む。独特の感触と体温を口中で感じつつ、一馬は喉の奥にまで引き入れた。

「んっ……」

頭上から微かな吐息が聞こえてくる。神宮は派手に快感を訴えるタイプではない。それがこうして声を殺しても漏れてくるくらいだ。充分に感じてくれているとわかり、一馬は調子に乗ってさらに動きを激しくした。

顔を前後に動かし、唇で擦《こす》り上げる。先端を舌で突き、吸い上げる。いつも神宮にされていることを一馬なりにアレンジし、神宮を追いつめていった。

徐々に萎えていたものが力を持ち始める。優男の外見に似合わず、立派な大きさを誇る神宮のものは、成長すると口に含めない。一馬は喉から引き出し、今度は手も使って解放を促した。

「河東……もう、放……せっ……」

神宮がとぎれとぎれの声で限界を訴える。

「イッていいぞ」

一馬は口を離し神宮を見上げて言った。イカせるつもりでしていたのだか、神宮はそれ以上のことを望んだ。

「俺だけ、イカすつもりか？」

快感で潤んだ瞳で見つめられ、一馬はゴクリと生唾を飲み込んだ。

神宮が何かを求めるように両手を一馬に向けて伸ばしてくる。一馬が体を起こすとその首に右手がかかり、引き寄せられる。

神宮は今日、初めてのキスを求めているのだ。一馬はそれに答えるべく、すぐさま顔を近づけていく。

唇が重なり合うと同時に、互いに口を開き舌を差し込む。他の誰とキスをしても得られなかった深い快感が訪れ、夢中になるのはあっという間だった。

それだけではなかった。体全体で神宮に覆い被さっているから、全身が重なり合っている。身長がほとんど変わらない二人は、中心の位置も同じだ。だから、体を少しでも動かすと昂ぶった中心が擦りあわされる。

キスとその刺激を夢中で追っていた一馬は、不意に襲った衝撃に、慌てて顔を離した。

「お前……」

見つめる一馬の視線の先には、ニヤリと笑う神宮がいた。

「何を入れやがった？」

　体の中に感じる違和感に一馬は顔を顰めつつ問いかけた。強く頭を引き寄せられていたから、神宮が右手一本でそうしていることの意味など考えもしなかった。そして、空いた左手が後ろを狙っていることも、濡《ぬ》れた何かを入れられるまで気づけなかった。

「経験があるだろう？　ローターだ」

「ふざけんな、てめっ……」

　一馬は不快感を堪《こら》え、神宮を怒鳴りつけるが、その衝撃で体内の異物をリアルに感じてしまい、息を詰まらせる。

「元気がいいな。これではどうだ？」

　すっかり態度が一変し、神宮のどこを探しても、さっきまでの殊勝なところは見つけられない。神宮は見せつけるように小さなボタンを枕の下から取り上げた。

「うぁっ……」

　神宮の指が小さなボタンを押した瞬間、一馬は呻き声を上げ、神宮の胸に倒れ込んだ。中で振動し始めたローターが一馬を乱れさせる場所を刺激したのだ。

「騙《だま》し……やがっ……たな……」

　快感に耐えながら一馬は神宮を責める。抱かれてもいいと言い出したのは、一馬を油断させるための芝居でしかなかったというわけだ。

「心外だな。善良な市民が捜査に協力してやったんだ。それなりの報酬をもらって何が悪い?」

「誰が善良だっ……」

一馬は心から悪態を吐《つ》いた。善良な市民が人のいない隙に、ローションやらローターやらを見えない場所に仕込んでいたりするものか。そう言いたいのに、小さな機械に乱れさせられ、思うように言葉が紡げない。

後孔に与えられる直接的な刺激には、どうしても慣れることができなかった。感じすぎて抵抗するどころか、耐えることもできない。

「も……抜け……って……」

「今抜くと身の危険を感じるんでな。しばらくはこのままだ」

神宮は悪びれた様子もなく、のうのうと言い放ち、ローターのスイッチを一馬に奪われないよう、ベッドの下に放り投げた。

「安心しろ。他も可愛がってやるから」

神宮の手が下から伸びてきて、一馬の胸元を這う。

「あぁ……」

胸の尖《とが》りを指の腹で押し潰《つぶ》され、甘い息が漏れる。神宮は新藤に触られても反応していなかった。それは相手が新藤だったからに違いない。一馬もきっと他の男の指なら、こんなふうに胸だけで感じることはなかっただろう。

「いい眺めだ」

神宮の声が胸の辺りから聞こえる。一馬は今、四つん這いで神宮を跨《また》いでいるような格好だ。最初は同じ位置にあった頭が、一馬が快感に耐えている間に胸まで下がってきていた。

「はぁ……んっ……」

濡れた感触が尖りを包む。右の胸を舌で、左を指で刺激され、一馬は抑えきれない声を溢《あふ》れさせる。その間もローターは振動し続け、一馬を休ませてはくれない。

中心はとっくに先走りを零すまでになり、神宮の腹を濡らしているのだから、切羽詰まった状態は伝わっているはずだ。それなのに神宮は先へ進もうとしない。

達するだけなら神宮の手を借りなくてもできる。一馬は左手で体を支え、右手を中心へ伸ばそうとした。

「まだだ」

その手を易々《やすやす》と封じられ、体勢まで入れ替えられる。神宮は一馬の下から這いだし、後ろへと回り込んだ。

「イクのはもっと俺を感じてからだ」

神宮の勝手な言い分を、一馬は身をもって思い知らされる。ローターだけでは解しきれない後孔に、神宮は一度に二本の指を差し込んできた。

「うっ……くぅ……」

押し広げられる圧迫感とさらに奥へと押し込まれたローターにより、苦しげな声が押し出される。

「何回しても慣れないな」

「慣れ……て、たま……るかっ……あぁっ」

反論もこれだけ声に力がなければ効果はない。苦しいだけならいい。けれど、肉壁を擦る指の動きもローターの振動も、一馬を再び感じさせ始める。

支えていた手には力が入らず、顔をシーツに押しつける。腰だけを高く上げたその姿は、まるでもっととせがんで突き出しているかのようだ。

「そろそろ俺が欲しくなったんじゃないのか？」

「誰がっ……」

「素直じゃないな」

「ああっ……」

グッと中を指でえぐられ、一馬は背を反り返らせる。

もう限界だ。これ以上、快感を長引かされればおかしくなる。一馬は神宮に見つからないよう、こっそりと自身へと手を伸ばした。

熱い昂ぶりが指先に触れる。これでやっと楽になれる。そう思ったのに、またも神宮がそれを阻んだ。

「いっ……うぅ……」

屹立をきつく握られ、一馬は痛みに涙を滲《にじ》ませる。

「イクときは一緒にだ」

神宮が体を覆い被せてきて、耳元で囁く。わざと息を吹きかけられ、無意識に中にある神宮の指を締め付けてしまい、それがまた一馬を狂わせる。

「だったら……」

「なんだ?」

わかっているくせに神宮は意地悪く言葉での答えを求める。

「とっと……入れ……やがれっ……」

「乱暴な誘い文句だが、俺も限界だ」

神宮が両手で一馬の腰を抱え直し、熱い屹立を押し当ててくる。

「馬鹿っ、まだ……」

一馬は焦って振り返るが、神宮は動きを止めなかった。

「あぁっ…」

熱い昂ぶりに犯され、一馬は悲鳴を上げた。中に入ったままのローターの分、いつも以上に奥深くまで突き刺される。

限界だと言った自らの言葉を証明するように、神宮はすぐに腰を使い始めた。一馬の双丘を打ち付ける音が室内に響くほど、いきなりの激しい動きだ。

「はっ……あぁ……んっ……」

一馬の口からはひっきりなしに喘《あえ》ぎが漏れる。

どうしてこんな場所がこれほど感じるのか。こうなった今でも信じられないのに、現実には神宮の屹立が、肉壁を擦り上げながら出入りするだけで快感が全身に広がり、理性を根こそぎ奪われる。

「神宮……もう……」

喘ぎの間を縫《ぬ》って、一馬は神宮の名を叫ぶ。そうすることで今の辛い状態をわかってもらいたかった。

「ああ、いいぞ。イケよ」

今度はもう邪魔をされなかった。一馬が先走りで濡れそぼる中心に手を伸ばしても、遮るものはなかった。待ちかねた直接的な刺激に、一馬は懸命に手を動かす。

後ろを犯す神宮の腰使いもさらに激しくなり、そのリズムに合わせて一馬も手を小刻みに上下させた。

「あっ……くぅ……」

一馬はようやく解放の瞬間を迎えた。

連日、睡眠時間を削《けず》って捜査に明け暮れていた挙げ句、このハードなセックスだ。やっと自由になれたと体が先に感じたのだろう。急速に力が抜けていき、瞼《まぶた》は自然と落ちていく。一馬の意識はそこで途切れた。


一馬を起こしたのは、目覚まし時計でもなく人の声でもなく、空腹だった。腹が減るまで寝ていられる状況というのは、随分と久しぶりだ。おかげで充分な睡眠時間を得て、すっきりとした目覚めをむかえることができた。

「やっと起きたか」

横になったまま大きく伸びをした一馬に、呆れたような声がかかる。一馬はその声の主に顔を向けた。

神宮はシャツにスラックス姿でソファに座り、その手には今まで読んでいたらしい新聞があった。

「今、何時だ?」

一馬は上半身を起こしただけでベッドからは降りずに問いかける。カーテンが閉められたままで、外の様子がわからないのだ。

「これは夕刊だ。もうすぐ五時だぞ。よく十時間近くも寝られるな」

「お前が無茶するからじゃねえか」

一馬は険しい目つきで神宮を睨みつけた。十時間も寝て疲れは取れた。けれど、神宮のせいで腰のだるさが残っている。まだベッドから出ないのもそのせいだ。

「単に疲れてただけじゃないのか？　何しても起きなかったぞ」

「何してもって、何したんだよ」

一馬は裸のままの自分の体を見下ろす。派手についたキスマーク以外は、これといって気になるところはない。

「俺は意識のない奴をどうこうする趣味はない。ただ体を拭いて、中のものを引っこ抜いてやっただけだ」

「お前、また中に出したんじゃねえだろうな」

しょっちゅう騙されているだけに、簡単には信用できない。一馬が疑り深い瞳を向けると、神宮はやれやれと肩を竦ませる。

「寝てる奴にはしないと言ったろ。虚《むな》しく一人で外に出したさ」

「何が虚しくだ。さんざん好き放題しやがって」

十時間前のことを思い出したくもない。道具を使ってイカされたことはともかくとして、気を失うほど感じさせられたのが、男として悔しいのだ。

「好き放題？　させてくれるんなら、これからしてやろうか？」

「ふざけんな。俺がいつもいつもいいようにされてると思うなよ」

挑戦的に言った一馬に、神宮は鼻で笑う。

「今のお前なら俺でも勝てそうだけどな」

「なめてんじゃねえぞ」

カッとなった一馬は、神宮に詰め寄ろうとしてベッドから降りたものの、腰が立たずにその場に座り込む。

「な？　そんな腰じゃ、力が入らないだろう」

「誰のせいだ」

文句を言って顔を上げた一馬は、近づいてきた神宮に不穏な空気を感じ取る。

「お前、何を考えてる？」

「そりゃ、決まってるだろう。やっと起きてくれたことだしな」

「腰が立たなくなるまでやりやがったくせに、まだ足りねえって言うのかよ」

「ああ、足りない」

冗談でないのは、その熱い瞳でわかる。十時間も経っているのだから、一馬だけでなく神宮も寝たはずだ。それから一馬が起きるまでの間、一人で何をしていたのかは知らないが、寝る前の興奮を引きずっているのが神宮らしくない。

神宮が一馬の腕を掴み、ベッドへと引き上げる。まだ腰に力が入らず、一馬はされるがままだ。

「本気でやるつもりか？」

ベッドに座り、一馬は問いかけることで真意を探ろうとした。

「裸のお前がベッドにいて、他に何をするって？」

この状況でなければ、神宮の問いかけに一馬も素直に頷けた。神宮が裸で寝ていて、一馬が抱くというのであれば、大いに大賛成だが、そうではないのだ。

「とりあえず、メシにしようぜ」

神宮を落ち着かせるため、一馬は提案する。食事をする時間を取れば、神宮も冷静になると考えたのだ。それにこの空腹を満たしている間に、一馬の腰も少しは治まるだろう。

「腹が減ってるのか？」

「それで目が覚めたんだよ」

「それじゃ、いっぱいにしてやろう」

明らかに別の意味を込めた神宮の言葉に、一馬は大げさな溜息《ためいき》を吐く。

「そっちじゃねえよ」

反論する一馬を、神宮はもう待てないとばかりに押し倒そうする。だが、どんなに腰がだるくても、それ以外は自由に動くし、力は一馬のほうが上だ。一馬は神宮の肩を掴んで逆にベッドへと押し倒す。

「落ち着けっての」

一馬は戸惑いを覚えながら、宥《なだ》めるように言った。明らかに様子のおかしい神宮に、戸惑いを隠せなかった。

本来、神宮はもっとスマートにことを運ぶ。一馬を抱こうとするときも、気づいたときには抵抗できない状態にしてしまう。それなのに、今は強引に始めようとしている。

反対に押し倒したことで、今は頭上から寝ている神宮を見下ろす格好だ。力では勝てないことを思い出したのか、神宮は溜息のような深い息を吐いた。その瞳の中に暗い影のようなものが見える。

「お前、まだ……」

昨日のことを気にしているのかと続く言葉を一馬は飲み込む。神宮の態度から、そうとしか考えられなかった。

神宮はずっと攻める側だった。一馬との毎回の攻防戦を楽しんでいるようなところはあるが、それはきっと絶対に自分が抱かれることはないと思っているからに違いない。だからこそ、襲われかけたことがショックだったのだろう。しかも、その一部始終を一馬に見られていたのも、神宮の心に傷を与えているのだ。

「結局、一睡もできなかった」

神宮が自嘲気味に笑う。

「お前と話してるときはよかった。だが、お前が寝た後、俺も寝ようとして思い出した」

神宮の視線が、今、一馬が座っている場所に注がれる。

「そこで俺はあいつにイカされたんだ」

神宮は苦しげな声で、忘れようとしていた事実を口にする。昨日、ここで神宮は新藤に弄《もてあそ》ばれ、射精を強要された。神宮はプライドの高い男だから、その事実を受け入れたくないのだろう。

「けど、ほら、触られたら、男ならしょうがねえって」

なんとか慰めようと、一馬はあえて軽い口調で言った。

「俺だって、お前にどんだけイカされてるか。負けっぱなしじゃねえかよ」

神宮が元気を取り戻すのなら、自分を貶《おとし》めたような冗談でも口にできる。元気のない神宮など見ていられなかった。

「抱かせてくれとは言わない。俺の記憶を消すために、同じ場所でお前に触れさせてくれ」

神宮は必死だった。嫌な記憶を消し、自分を取り戻すために懸命にあがいている。そんな姿を見せられては、一馬に拒むことはできなかった。

「わかった。好きにしろ」

一馬はそう答え、神宮に背を向けて、ベッドの縁に座り直した。背後で神宮が体勢を変えている気配がする。

今回だけは神宮の作戦ではないはずだ。今の神宮が一馬を騙すとは思えない。あのときと同じことをしたいというのなら、一馬は気持ちよくなるだけだ。意固地に拒む理由はなかった。神宮が一馬を背中から抱きかかえるようにして座る。裸の背中にシャツの生地越しに、神宮の体温が伝わってくる。

後ろから回された手が、裸の胸に触れる。

「んっ……」

神宮は零さなかった甘く掠《かす》れた息が、一馬の口から零れ出る。

つんと突きだした小さな胸の飾りは、神宮の指先に擦られ、摘まれ、芯《しん》を持ち固く尖っていく。押し込むように擦りつけられると、軽い痛みとジンとした痺《しび》れが走る。

この場所で胸を弄《いじ》られ感じたのは、神宮ではなく一馬。神宮がそう事実をすり替えようとしている行為は、一馬にも効果をもたらした。

一馬の記憶にも、まだあのときの光景は残っている。記憶の中ででも、他の男が神宮に触れているのは許せない。あのときを上回る執拗《しつよう》な愛撫を受けることで、神宮と新藤だった光景を一馬と神宮に入れ替えることができそうだった。

「ふっ……はぁ……」

そろりと伸びてきた手が、形を変えた一馬の中心へと到達する。屹立を擦り上げるだけでなく、両脇の膨らみまで丹念に揉まれ、一馬の息が上がる。

「すげえ、いい……」

快感に身を任せ、神宮に背中を預けて、一馬は素直に感想を口にする。一馬をイカせたいと神宮が望んでいるのだから、感じていることをはっきりと伝えておきたかった。

神宮がふと動きを止めた。どうしたのかと振り返ろうとした一馬を、思いがけない強い力が抱きしめた。

「駄目だ。やっぱりお前が欲しい」

切羽詰まった声の響きに、一馬はどうにか首だけを曲げて神宮を振り返る。

「頼む、河東」

声以上に切迫した表情で、神宮は一馬の唇を奪った。

体を愛撫され昂ぶっていたところに激しい口づけを与えられ、一馬はもっと感じたいと同じだけの激しさで応える。

二人はもつれ合いながらベッドへと倒れ込む。神宮はすぐさま一馬の後孔に指を突き入れてきた。

「い……っ……」

乾いた指に犯され、引きつるような痛みを感じて、一馬は顔を顰める。何の滑りもなければ、指は滑《なめ》らかに動かないから、神宮にとってもこのままではいられない。

一馬はまだ神宮に背中を向けた状態だ。背後で神宮が何をしているのかまではわからない。ただ体を抱いていた左手まで消えたことで、その先を想像するのは容易《たやす》かった。

「はっ……ん……」

今度は滑《ぬめ》った指が押し入ってくる。この状態ではローションのあるベッドの下には手が届かないから、おそらく唾液《だえき》をつけたのだろう。

二本の指が一馬の中を掻き回す。横向きだった体はシーツを掻きむしりながら、俯《うつぶ》せへと変わっていく。

不意に指が引き抜かれ、腰を高く持ち上げられた。

「うっ……くぁ……」

熱い昂ぶりに犯され、一馬は悲鳴に近い嬌声《きょうせい》を上げる。指で解された時間は短くても、十時間前に受け入れていたからなのか、思いがけずすんなりと飲み込んでしまう。

「待っ……ああ……」

性急な突き上げは、神宮の感情の表れだ。どれだけ一馬を欲しているか、体全部で示している。

乱暴とも取れるほどの動きでも、一馬の中心は萎えることはなかった。先走りが溢れ、シーツに滴《したた》り落ちる。

「神……ぐっ……」

名前を呼びたくても、押しつけられる激しい動きに言葉にならない。いつになく余裕のない神宮は、一馬を感じさせることよりも自分自身の快感を追うのに必死になっていて、限界に近づいている一馬の状態には気づいていないようだ。

「一馬……」

掠れた声で呼ばれたかと思うと、体の中が熱くなったのを感じる。神宮が勢いのまま、先に射精してしまったのだ。

神宮の荒い息づかいを聞き、一馬も自らを解き放とうと手を伸ばしたときだ。

「やっ……あぁ……」

まだ神宮のものが中にある状態で、神宮は一馬の太股《ふともも》を摑んで足を広げさせ、強引に体の向きを変えさせた。

「今度はお前をイカせてやる」

正面で向き合い、一馬は神宮が落ち着きを取り戻したことを知った。一度、達したことがよかったのかもしれない。だが、そうなるとこの体勢は一馬にとって、非常にまずいことになる。

「だったら、抜きやがれっ」

「このままのほうが、お前もいいんじゃないのか？」

ぐっと腰を押しつけられ、一馬は神宮が復活し始めているのを体で思い知らされる。

「よくねえよ」

「ホントにか？」

神宮は艶《つや》のある笑みを浮かべ、浅く腰を引き、すぐに突き上げた。

くる。

「……っ……」

一馬は息を呑み、背を反らせた。神宮が中に出したせいで滑りがよくなり、小刻みな動きができるようになった。また違った刺激に一馬は腰を揺らし、シーツを掻きむしる。おまけに引いては突く動きのたびに、じゅぶじゅぶと耳を覆いたくなる音があり得ない場所から聞こえてくる。

後孔を貫かれ、耳を犯され、見つめてくる神宮の視線も一馬の羞恥心を煽る。

「も……、わかっ……たっ……」

だからイカせてくれと訴えるのに、神宮は濡れそぼる中心に触れてくれないどころか、一馬の両手までそれぞれの手でシーツに縫い止める。

「神宮っ……」

「イケるだろ。こっちだけでも」

ぐっと腰を押しつけられ、後ろへの刺激だけで達することを促される。

結果としてそうなったことはあっても、一馬が望んでのことではない。直接、屹立に触れられたときとは違い、射精まで時間がかかる。快感が長引くのは辛かった。

一馬の頭にあるのは、もう達することだけだ。もっと深い刺激を求め、一馬は神宮の腰に足を回し絡めた。

「くっ……」

自分の意志ではなく引き寄せられたことに、神宮が端正な顔を歪める。神宮もまた限界が近いことは、体内にいる昂ぶりが一馬に教えていた。

神宮はもう焦《じ》らしたりしなかった。再び激しく腰を使い、一馬を一気に追いつめる。

「もうっ……あぁ……っ……」

今度は一馬が達した。だが、その直後、一馬の中が熱くなる。神宮もまたタイミングを合わせるようにして二度目の精を解き放っていた。

いつになく荒々しく求められ、一馬はぐったりして、指一本、動かす気になれない。神宮が抜け出ていくときも、横になったまま体を投げ出していた。

「どんだけ搾り取るつもりだよ」

「できるものなら、全部だな」

一馬の悪態に、神宮はサラリと答える。確かにあの激しさは、今の言葉もあながち冗談とは思えない。

「お前ってさ、何げに俺にベタ惚《ぼ》れだったりする？」

一馬は冗談めかして尋ねる。

「今更、何を言ってるんだ」

言葉は素っ気ないのに、その口元に浮かぶ笑みは優しく、一馬の質問を肯定しているかのように見えた。

7

朝からまともに署に顔を出すのは、随分と久しぶりな気がする。一馬はすれ違う同僚たちに挨拶しながら刑事課の前までやってきた。

昨日の休暇は上の許可を取っているとはいえ、それ以外のことは課長から叱責されても仕方ない。覚悟はしていても、楽しいことではないから、つい足を踏み入れる前に中を覗いて様子を窺う。

何かがおかしい。一馬はざわついた室内の様子に首を傾げる。それでも課長の姿がないのをいいことに、中へと入っていった。

まだ全員が揃っていないし、既に来ているものは話に夢中で、一馬がやってきたことに気づかない。さて誰に話を聞こうかと顔を巡らした先に、ちょうど到着したばかりの長谷川と目があった。

「おう、河東。久しぶりだな」

長谷川が笑いながら声をかけてくる。

「大げさな言い方しないでくださいよ」

「そうか？　同じ事件を追ってるとは思えないくらい、顔を見なかったような気がするが」

「気のせい気のせい」

長谷川の軽い嫌みをさらりとかわし、

「で、コレは何の騒ぎかわかります？」

一馬は気になったことを問い質《ただ》す。自分が不在の間に、別の事件が起きていたのなら、すぐにも取りかかりたい。そんな思いからだった。

「ああ、例の事件だ。署長が犯人だったってんで、昨日は一日、大騒ぎだったんだぞ」

「ここにもマスコミが来てたりとか？」

さっき出勤してきたときは、表の様子はいつもと変わりなかった。他に大きなニュース性のある事件でも起きて、そちらへ移動したのだろうか。

昨日、夕方まで寝ていた一馬は、新聞はおろか、ニュースすら見なかった。一馬にとってはもう済んだ事件だったからだ。だから、その後、どんな扱いになったのかは知らなかった。

「それはなかった。署長は逮捕前にここの署長じゃなくなってた」

「それって、上が手を回したってことっすか？」

「だろうな」

長谷川はそう答えてから、

「本当は、お前が絡んでんだろ？」

声を潜めて問いかけてきた。一瞬、例の音声データが漏れたのかと疑ったが、それなら一馬がこんなに普通に出勤できるはずがないと思い直す。

「何のことっすか?」

「お前があれだけ単独捜査をしてて、何の結果も出さなかったことがあったか?」

「長谷川さんがそんなに俺のことを認めてくれてたとは、感激っすね」

「ふざけるな」

一馬の軽い調子に長谷川はそれ以上の追及を諦《あきら》めたように、立ち話を止《や》め自分のデスクへと移動する。一馬の席はその向かいだが、長谷川の隣は吉見だ。だが、その吉見の姿はまだなく、デスクの上も妙にすっきりしている。

「吉見はどっか行ってんすか?」

「あいつなら本庁に呼び戻された」

「もうっすか? やっと一ヵ月、経ったばっかでしょう?」

長谷川の答えに一馬は驚きを隠せなかった。吉見の異動は新藤を調べるためだったのだから、もうここに用はないのはわかるが、かといって、こんなに急に異動をしていたのでは不審を抱かれるのではないか。一馬のそんな不安は長谷川が打ち消した。

「一緒に異動になったキャリアが不祥事を起こしたとなれば、残ったほうは居づらいからだろう。何せ、吉見の父親は警察庁のお偉いさんだからな」

「そんなもんすか?」

「昨日の朝イチで吉見は引き上げてった。署長のことが俺たちに知れ渡る前にな。そりゃ、よほどの上層部が動いたとしか考えられないだろう」

上手《うま》いやり方だ。あの吉見が追及されたら、嘘や誤魔化しで言い逃れられるとは思えない。だからその前に逃がしたというわけだ。

「なるほどねってことで、ちょっと出てきます」

「おい、河東」

呼び止める長谷川の声は聞こえない振りで、一馬は出勤してきたばかりだというのに刑事課から抜け出した。課長の姿が見えないのが幸いし、長谷川も追いかけてきてまで引き留めようとはしない。

吉見が本庁に戻るのは構わない。だが、一馬に一言もなかったことにむかついていた。ほんの一ヵ月とはいえ、さんざん面倒をみてやったのだ。

異動先がどこかは知らなくても、携帯電話の番号は知っている。そこまで変えることはないはずだから、登録された吉見の番号を呼び出しながら、建物の外へ出た。

『先輩、すみません』

電話に出るなり、吉見は謝罪した。きっと電話の向こうで頭も下げているのだろう。

「言い訳は会って聞いてやる。出られるか?」

『あ、えっと、一時間後なら……』

それならと一馬が向かうことにして、警察庁の近くで待ち合わせをして電話を切った。

今から行けばちょうどいい時間になるくらいだろう。一馬は事件が起こらないことを願いながら、車を走らせる。

吉見は一馬から連絡があるのをわかっていたようだった。そして、いきなり謝った。つまり、それだけの理由があるからに違いない。事件について、やはり何か揉み消されたことがあるようだ。神宮のことを内密にする代わりに、口を噤《つぐ》むと約束したのだから、一馬には何も言う権利がないことを、どうやら吉見は知らないらしい。

何も言えないから事件のことは気にしないようにしようと、ニュースを見なかった。だが、誰にも言えなくても抗議できなくても、やはり事件を捜査した人間として、結末は知っておくべきだと思い直した。

一時間を少し越えて、一馬は待ち合わせ場所である公園に到着した。そこには既に人待ち顔の吉見がいた。

「早かったじゃねえか」

一馬がそう言いながら近づいていくと、

「すみませんでした」

吉見は深く頭を下げる。よほど一馬が怒っていると思っているようだ。吉見の叔父とかわした密約まで、吉見は知らされていないのだろうか。

「とりあえず、そこに座ろうぜ」

一馬に促され、吉見はおそるおそる顔を上げ、怒っていないのかと上目遣いで一馬の様子を気にする。その態度はとても密命を受けて捜査していた男には見えない。

午前十時過ぎの公園にはまだ人の数もまばらで、ベンチも全て空いている。もう少し経てば、サラリーマンが休憩にでも現れるかもしれないが、ちょうどいい時間だった。一馬と吉見は空いたベンチに並んで座る。

「結局、上はどう決着をつけたんだ？」

「知らないんですか？」

吉見は意外そうに問い返す。

「休みの日まで事件のことを考えてられっか」

昨日は一日、神宮の部屋で過ごした。事件の話を蒸し返して、嫌なことまで思い出したくなかったから、あえて触れずに貴重な時間を楽しんだ。だが、そんなことまで吉見に話す必要はない。

「で、どうなんだ？」

「は、はい、あの……」

「怒らねえから言ってみろ」

そう言いながらも脅すような口調の一馬に気圧《けお》されて、吉見は口を開く。

「新藤警視は傷害致死と死体遺棄の容疑で今日、検察庁に送致されることになりました」

「他の容疑は？」

その質問に吉見は瞳を伏せた。これではそもそも新藤が何故、殺人を犯すに至ったかが明らかにされていない。四年前の押収品横流しがなかったことにされている。

「なるほどな。そのためにこそ内偵してたってわけか」

一馬は吐き捨てるように言った。吉見はただ黙って俯いている。何を言われても仕方ないという態度だ。

「仮に警察が隠しとおしたとしても、横流しを頼んだほうが黙ってないんじゃないのか？　警察が事実を隠してるってチクられたらどうする？」

「自分たちの犯罪を明らかにしてまで、ヤクザが告発をすると思いますか？」

「しねえわな。けど、ずっと黙ってるかどうか……」

「時間が経てば明らかになってもいいんです。不祥事が一度に幾つも明らかになるのがまずいんです」

この言い方では、おそらく新藤の事件のほとぼりが冷めた頃、横流しを指示した暴力団を摘発するつもりなのだろう。そのときには新藤はもう現職警察官ではなく、元がつく。それに殺人事件と結びつけて公表をする必要もなくなるというわけだ。

「そこまで見越してんのかよ。ホント、よく考えてるよ、お偉いさんたちは」

そこまで警察の体面が大事かと一馬は呆れかえる。怒ることすら馬鹿らしくなってきた。

「お前も用が済んだらとっとと帰るってのも、計画どおりってわけか？」

「それは違います」

吉見が真剣な顔で否定する。

「多摩川西署への異動が決まったのは急でしたけど、その後は通常の配置と同じで、一年は勉強させてもらう予定だったんです」

「まあ、でも、刑事になるわけじゃねえんだから、早く帰れてよかっただろ」

嫌みで言ったわけではなく、これ以上、吉見を責めても意味がないし、八つ当たりをしているだけのような気がして、一馬は慰めるために言った。けれど、吉見は寂しそうに首を横に振る。

「俺はもっと先輩と一緒に仕事がしたくて、叔父にもそう言ったんですけど……」

「そういや、お前、俺を尊敬してるとか言ったんだって？」

一馬は副総監と話したときのことを思い出した。副総監がただの平刑事である一馬に世辞を言う必要はないから、おそらく事実なのだろうが、吉見に尊敬されるようなことをした覚えはなかった。

「先輩は俺の憧れです」

吉見はキラキラと目を輝かせ、一馬を見つめる。短い間だったが、コンビを組んでいるときも、こんな表情をよく見ていたような気がする。あれは憧れの視線だったというわけだ。

「まあ、俺くらいかっこよけりゃ、憧れるのは当然だな」

ルックスに自信を持っている一馬は、照れることなく吉見の言葉を受け止める。

「それだけじゃないですよ」

「ああ？　俺がかっこわるいって？」

「もちろん、かっこいいです」

吉見は苦笑しながらも、宥《なだ》めるように一馬を褒めてから、

「警察内部に犯人がいるってわかったとき、先輩が落ち込んでたときがあったじゃないですか？」

「俺が落ち込む？」

思い当たることがなく、一馬は首を傾げる。基本的に過去は振り返らないタイプだし、済んだことを悔やむのも無意味だという考えだ。そんな一馬が人前で、しかも後輩の吉見の前で落ち込んだりするはずがない。

「ほら、車の中でハンドルに顔を埋《うず》めて……」

「ああ、あんときな。落ち込んでたわけじゃねえけど、そんときがなんだって？」

「あのときの先輩を見てたら、なんだか、胸がきゅんとしちゃって」

「ちょっと待て」

一馬は険しい顔で、おかしなことを言い始めた吉見を遮る。

「お前の憧れってのは、刑事としてじゃねえのかよ」

「最初はそれだけだったんですけど、先輩が神宮さんとお付き合いしてるのを知って、ああ、男同士でも恋愛ってあるんだって」

話が妙な方向へと流れている。この先は聞かないことにして帰ってしまえばいいのだが、知らないままでいるのも変に想像ばかりが膨らんで落ち着かない。一馬が相づちすら打てないでいるのに、吉見は構わずに話を続けた。

「それでわかったんです。俺も先輩が好きなんだってことを」

やっぱりそう来たかと一馬は頭を抱える。神宮と知り合ってからというもの、どういうわけだか男に言い寄られることが増えた。一馬自身は何も変わっていないつもりだから、この状況には納得できない。

「なんか誤解してるみてえだけど、俺はゲイでもバイでもねえぞ」

「でも、神宮さんと付き合ってるのに？」

「あのな、俺は今でも男なんて冗談じゃねえと思ってる。神宮だから付き合えてるんだ。あいつ以外の男とどうこうなんて、考えたくもねえ」

一馬が本気で嫌な顔をすると、その一馬に告白をしたばかりの吉見は、寂しそうな笑顔を見せた。

「はっきり言うんですね」

「可能性がゼロなのに、望みを持ちたいか？」

一馬は吉見の目をまっすぐ見つめ、本音をぶつける。それが本気で気持ちを伝えてきた吉見に対する、一馬なりの誠意の見せ方だった。

「やっぱり、先輩はかっこいいな」

「だからって、惚れ直すなよ」

一馬の軽口に吉見が噴き出した。

「先輩のそういうとこ、俺も見習います」

「もう先輩じゃねえぞ」

吉見が警察庁に戻れば、指導する立場でもなくなるし、次に会うときには吉見が上司になっているかもしれないのだ。

「先輩は先輩です」

「好きにしろ」

一馬はそう言って、話は終わったと立ち上がる。

「先輩」

吉見も続いて立ち上がり、歩き出そうとした一馬を呼び止めた。

「短い間でしたけど、先輩と一緒に仕事ができて楽しかったです」

「楽しくてどうすんだよ」

一馬の指摘に吉見は苦笑いしたものの、

「でも、楽しかったし、勉強になりました」

「当然だ。無駄にすんじゃねえぞ」

「そのお礼ってわけじゃないですけど、これをお返しします」

吉見は上着のポケットから、見覚えのある小さな機械を取りだした。二日前、神宮が証拠として提供したICレコーダーだ。

「もういいのか？　あ、ダビングしたのか」

「いえ、ダビングはしてません。証拠として採用しませんでしたから」

「そうだったな。お前の叔父さん、結構、話がわかんじゃねえか」

一馬はICレコーダーを受け取り、気が変わらないうちにとポケットにしまう。上層部のやり方に腹は立ったが、神宮の名誉を守ってくれたことだけは素直に感謝したい。

「じゃあな、今度会うときまでに、もうちょっとマシな警察官になっとけよ」

「はい、ありがとうございました」

深々とお辞儀をする吉見を残し、一馬は背を向け、今度こそ歩き出した。

これでやっとあの事件を自分なりに終わらせることができた。だが、刑事の一馬はいつまでも平穏ではいられない。車に乗り込んだ瞬間、署からの携帯電話が鳴り出した。

『河東、事件だ』

一馬に知らせてくれたのは長谷川だった。長谷川にとっては不幸なことだろうが、吉見がいなくなり、どうやらまた一馬の相棒に戻されたようだ。

「急行します」

一馬は電話を切り、新しい事件へと車を走らせた。


また神宮と会えない日が続いていた。一つ、事件が解決してもまたすぐに次と、捜査に追われる日々だ。

「これを急ぎでお願い……って、誰もいねえのか」

一馬は久しぶりに来た科捜研で、呟きながら無人の室内を見回した。

午後七時半。一馬にしてみればまだ早い時間なのだが、科捜研の所員にしてみれば、とっくに終業時刻は過ぎている。

一馬は無人の神宮の席に腰を下ろした。ドアに鍵はかかっていないし、部屋の明かりもついている。席を外しているだけだと考えたのだ。

最後に会ったのは、二人して休日を過ごした一週間前だ。それもあって、今、事件現場で見つけた遺留品を持ち込む役目に名乗りを上げた。

「なんだ、来てたのか」

戻ってきた神宮が、開け放していたドアを閉め、さして意外でもなさそうに声をかけてくる。

「さっきな。お前はトイレか？」

「この部屋だけで仕事をしてるわけじゃない」

神宮はそう答えてから、一馬を追い立てず、隣のデスクの椅子に座った。

「あ、そうそう。コレ、急ぎでな」

「またか」

一馬が差し出したビニール袋に入った遺留品を手に取り、神宮はすぐ脇《わき》に置いた。

「おい、急ぎって言ったろ」

「これが終わってからだ。俺が暇そうに見えるか」

「見えねえけど」

暇ならとっくに帰っているのだし、神宮のことだから今の仕事が終わればすぐに取りかかってくれるだろう。一馬はそれ以上、ごり押しはしなかった。

「相変わらず、忙しそうだな」

ついでに休憩をしようというのか、神宮は作業にはかからず、一馬に話しかけてくる。

「まあな。忙しくても、商売繁盛と言えないのが、この仕事の辛いトコだ」

「それは俺も同じだ」

こうして同じ仕事を続けられ、たとえ色気のある会話でなくても、同じように会話ができることの喜びを一馬はしみじみと感じる。

神宮がふと気づいたように、

「今日はあの騒がしいのはどうした？」

室内を見回し、問いかけてくる。

「騒がしいのって、吉見のことか？」

他にいないだろうと思いつつ問い返すと、神宮がそうだと頷く。

「あいつなら、京都に行った」

「京都？　出張か？」

「いや、異動だ」

一馬の言葉に、部外者の神宮でもおかしいと思ったらしく、僅《わず》かに眉を上げ驚きを見せた。

「あいつの親父とか叔父さんとかが警察の偉いさんで、便利に使われているらしい」

事件に関わったとはいえ、神宮には警察内部の詳細までは話せない。吉見が内偵調査をしていたことも教えていなかった。

「使えるのか？」

「使えると上は判断したんだろ」

一馬の言葉として使えるとは断言できなかった。刑事としては甚《はなは》だ不安で信頼もできないのだが、吉見は京都でも刑事課に配属になっているらしいのだ。新藤の件で、無事に役目を果たしたと認められ、それならと次なる内偵先へと向かわされたというわけだ。一馬はその話を一昨日、吉見からの連絡で知った。

「ああいう性格だから、周りがどう思ってようが気にしちゃいない。今度のとこも楽しそうな職場だと言ってきてた」

「京都にいっても連絡を取り合ってるのか？」

神宮の目がきらりと光った気がする。

「メールでだ。ほら、いろいろと世話をしてやったしな。あいつも報告する義務があると思ったんじゃないのか」

何も後ろめたいことはしていないのに、一馬は慌てて言い繕った。吉見の一方的な思いとはいえ、告白してきた相手と今も連絡を取り合っているのだ。ばれるとまたどんな言いがかりをつけられて、何をされるかわからない。告白されたことだけは、絶対に内緒にしておきたかった。

「あ、そうだ。こいつを返してもらってたんだ」

一馬は話を変えるいいきっかけだとばかりに、ポケットからICレコーダーを取りだした。これくらい小さいと持ち歩いていても邪魔にならない。いつ会えるかわからないから、常にポケットに入れておいたのだ。

「お前も……、聞いたのか？」

「ああ、聞いた。俺が到着するまでの間や、俺が気を失っている間にお前が何をされたのか、確認しておきたかったからな」

　最初は聞かないでおこうとした。けれど、ずっと気になってもやもやして、神宮を問いつめることになるくらいなら、聞いておくべきだと思い直した。

　新藤はかなり悪趣味だったようで、本当に「観客」としての一馬が到着するまで、神宮には手を出していなかった。それがわかっただけでも充分だったのだが、それ以上に一馬を喜ばせる声が録音されていた。

「そうか、聞いたのか……」

　神宮がすっと視線を逸らす。珍しく動揺している。今なら言葉で言い負かすことができるかもしれない。常に負けっぱなしだから、こういう勝てるチャンスは見過ごすわけにはいかなかった。

「お前さ、ああいうことはあんな奴に言わずに、俺に言えよ」

　一馬はにやついた笑みを浮かべ、神宮を追及した。いつもの仕返しと、実際に面と向かって言ってもらいたいという気持ちもあってのことだ。

「なんのことだ？」

　一瞬にして神宮はいつもの余裕の表情になり、一馬に問い返す。

「なんのって、あいつに俺以外は駄目だって言ったことだよ。もし、抱かれるんだとしても、それは俺以外にありえないって」

黙っている代わりにと新藤から体の関係を求められたとき、神宮はそう言って断っていたのだ。神宮が拒めなくなったのは、その後、一馬を刑事でいられなくさせると言われたときだ。

神宮の口から聞きたかったのに、結局堪えきれずに自分で言ってしまった。

「熱烈な愛の告白じゃねえか。直接、聞きたかったな」

「それを言うなら、俺もだ」

「ああ、何言って……」

思わせぶりな笑みを浮かべる神宮に、一馬は言葉を詰まらせる。神宮がこんな顔をするときは、必ず何かあるのだ。

「俺以外の男は考えられないんだって？　随分な惚気《のろけ》をしてくれたもんだ」

「お前、何でそれを……」

一馬と吉見しか知らない話だ。それを神宮が知っていると言うことは、情報源は一つしかない。

「わざわざ玉砕報告をしてくる辺り、律儀なのか馬鹿なのか」

「馬鹿だからに決まってんだろ」

一馬はこの場にいない吉見に八つ当たりする。

「さてと、告白されたことを黙っていて、しかも、その相手と、今も楽しげにメールのやりとりをしている理由を聞かせてもらおうか」

完全にいつもの神宮に戻った。今まで通り何もなかったように過ごせる時間を嬉《うれ》しいとは思ったけれど、ここまで元通りにならなくてよかったかもと、一馬は冷や汗を掻きつつ後ずさった。

あとがき

こんにちは、はじめまして。いおかいつきと申します。

久しぶりに『リロード』シリーズでございます。彼らを書くのは一年半ぶりくらいなのですが、全くそんな気がしないくらい、すんなりと二人が動き出しました。

一馬《かずま》と神宮《じんぐう》、彼らが主役の話は三冊目。今作だけでも楽しんでいただけるように書いたつもりではありますが、この機会に是非とも、『リロード』、『トゥルース』も合わせてお読みいただけるとより一層、お楽しみいただけるかと思います。

今回は一馬をかっこよくしようと頑張ってみたのですが、いかがでしたでしょう。新キャラ登場で、先輩風を吹かす一馬も書いていて楽しかったです。

イラストを描いてくださった國沢智《くにさわとも》様、いつもいつも本当にお世話になっております。ワイルドでクールで超絶かっこいい表紙を原稿が上がる前に見せてもらったおかげで、俄然、やる気になり、無事に最後まで書き上げることができました。心より感謝申し上げます。

長い付き合いになってきた担当様、本当にすみませんでした。過去最高にご迷惑をおかけし、ただでさえ上がらない頭がますます上がらなくなりました。ですが、これに懲りずに今後ともなにとぞよろしくお願いします。
そして、最後にもう一度。この本を手にしてくださった方へ、最大の感謝を込めて、ありがとうございました。

二〇〇八年四月　いおかいつき

HPアドレス　http://www8.plala.or.jp/ko-ex/

Lovers Label

グロウバック

ラヴァーズ文庫をお買い上げいただきありがとうございます。
この作品を読んでのご意見・ご感想をお聞かせください。
あて先は下記の通りです。

〒102−0072
東京都千代田区飯田橋2-7-3
(株)竹書房　第五編集部
いおかいつき先生係
國沢 智先生係

2008年5月31日
初版第1刷発行

●著　者
いおかいつき
●イラスト
國沢 智

●発行者　牧村康正
●発行所　株式会社　竹書房
〒102−0072
東京都千代田区飯田橋2-7-3
電話　03(3264)1576(代表)
　　　03(3234)6245(編集部)
振替　00170-2-179210
●ホームページ
http://www.takeshobo.co.jp

●印刷所　図書印刷株式会社
●本文デザイン　Creative·Sano·Japan

ISBN 978-4-8124-3470-3　C 0193

ラヴァーズ文庫
Lovers Label
リロード
RELOAD
好きでも、譲れない男のプライドがある!!
KEEP OUT
お前を抱くのは俺だ——。
警視庁に勤める検挙率No.1刑事、河東《かわとう》一馬《かずま》と、
科学技術捜査研究所のクールで優秀な研究者、神宮《じんぐう》聡志《さとし》。
ふたりは反りが合わず、会えば度々ぶつかっていた。
しかし、ある事件をきっかけにその関係は変化する…。
事件がもとで、ふたりは身体の関係を結ぶ事になってしまったのだ——…。
女好きで極ノーマルな一馬と、男が好きだが攻めの聡志。
またしてもここで激しい衝突をすることに。
ワイルドな行動派刑事と白衣のエリート研究者、
果たして主導権を賭けた駆け引きに勝利するのはどっち!?
男のプライドがぶつかり合う、ラブアクシデント!!
好評発売中!!
著 いおかいつき
画 國《くに》沢《さわ》智《とも》

ラヴァーズ文庫
Lovers Label
花《はな》と龍《りゅう》
Flower & Dragon
闇が見てる…。
もろく危険な
俺達の関係を——…。
著 いおかいつき
画 國《くに》沢《さわ》智《とも》
世界的に有名な美貌の科学者ジュールと、京都のヤクザ、古島康成《こじまやすなり》。
生まれも社会的立場も違うふたりは京都の町で出会い、恋におちる。
しかし、「世界の頭脳」を持つ薬学博士のジュールは、
麻薬関係で様々な国のマフィアから狙われている身であった。
暗い世界に生きる古島は、ジュールの身を案じ、
何度も自分と別れるよう説得するが、頑としてジュールは聞き入れず、
ついに京都でも古島と敵対する暴力団が動き始めてしまう。
薬学はもちろんのこと、容姿においても
目を見張るほど美しいジュールは、連れ去られ…。
好評発売中!!

ラヴァーズ文庫
Lovers Label
ラブ・ファントム
～キミを攫《さら》う怪人《かいじん》～
Love Phantom
キミが欲しいから奪う。
僕は怪盗だからね――……。
著 いおかいつき
画 國沢《くにさわ》 智《とも》
普通がいちばん。それ以上の事を望んでも、ろくなことがないから…。
警備会社に勤める、須藤《すどう》 聖《ひじり》は、両親を亡くして以来、
目立たず無欲に生きてきた。
しかし、そんな聖の平穏な日々を打ち破るひとりの男が現れる。
長身に華やかな銀の髪。超美形のその男は自分は怪盗だと断言する。
そのうえ聖の警備する美術館に気に入ったものがあるから、
盗みに入ると予告までしてきたのだ!
半信半疑の聖の前に再び現れた男が、
美術館から盗み出したのは、なんと聖本人で…!!
怪盗VS警備員! 負ければ貞操の危機が!?
好評発売中!!